부조리하고 쓸쓸한 세상을

함께 살아가는 독자 여러분께

드립니다

Bora 鄭

獻給在不合理且淒涼的世界中

一起生活的各位讀者 ——鄭寶拉

詛咒

저주토끼

兔子

鄭寶拉 정보라——著

黃千真——譯

各界推薦

· 像寓言，也像民間譚（Folktale），鄭寶拉的《詛咒兔子》無限擴展我們日常生活隨處可見的「闇」，但《詛咒兔子》不是點到爲止、留給讀者自行腦補的《不安的種子》，她描繪出這些「闇」的悲傷、憤怒、絕望，以及在那些深沉裡忽明忽暗的微弱希望。

——重點就在括號裡，影評人

· 就像一屋子的秀異人士大聚集，本書收錄多個迷人故事。主角不僅實現了復仇，還帶來了愛與安慰，讓人讀到最後愛到捨不得結束。

——申京淑，全球暢銷小說《請照顧我媽媽》作者
曼氏亞洲文學獎得獎作家

・揉合了恐怖、奇幻與超現實，但故事都是根植於我們日常生活中的真實恐懼與壓力……運用幻想與超現實的要素，描繪現代社會中的父權家長制及資本主義的恐怖與殘酷。

——布克獎評審

・太酷了，超強又夠瘋的韓系小說，我就愛這味。

——愛德・帕克，《時代》雜誌年度十大小說作者

・駭人、驚奇、又帶有詭異的趣味……荒誕驚悚之中透出女性主義的反抗氣勢。

——美國筆會

・毛骨悚然、心底發寒、曲折離奇，但又厲害絕頂。我好想看鄭寶拉寫個故事講讀者怎麼從閱讀中盤旋深入自己的內心。讀這本書我得不時停一停，大口深呼吸，然後才能再次放心跌回故事裡。引人入勝又奇異絕倫，這絕對是非常重要、不可不讀的一本。

——法蘭西絲・陳，韓國暢銷暗黑小說《我想有你的臉》作者

・鄭寶拉的作品充滿勾人好奇的荒謬、超現實的氣氛，融合了科幻、恐怖與奇幻，讓人停不下來，急於知道後續，卻又深怕下一頁會帶來什麼結局。

——《韓國時報》

・在鄭寶拉令人坐立難安的故事中，恐怖又輕快的散文與善解人意的想像力相遇了！

——News9live 網路媒體

・準備好迎接震撼與衝擊……充滿奇異且神祕的故事，鄭寶拉的作品令人難以抗拒。

——《書單》雜誌，星級好評

目次

CONTENS

詛咒兔子

「越是要用來詛咒的物品，就越要做得漂亮。」

爺爺總是這麼說。

兔子坐在樹下的造型電燈非常可愛，雖然那棵樹做得不太符合現實，但看得出兔子是傾注心血打造而成的。兔子的雙耳及尾巴末端，還有眼睛是黑色的，身體其他部位則是雪白色。雖然使用堅硬材質製作，仍細膩呈現出柔軟的粉色嘴唇及毛茸茸的質感。當燈亮起，兔子身體會發出白光，在那當下，它好似一隻活生生的兔子，感覺下一秒就會豎起雙耳或開合鼻孔嗅聞著。

每件物品都有它背後的故事，既然是用來詛咒的物品，這座兔子燈自然也有故事，那是爺爺坐在電燈旁的搖椅上，一次又一次重複說的故事。

這盞燈是爲爺爺的朋友而做的。

不能爲了個人目的製作詛咒物。家族製作的器具也不能做成詛咒物，這是世世代代製作詛咒物品的我們家訂下的不成文規定，但兔子燈是唯一例外。

「朋友家以前是開酒都家的。」

爺爺說，然後他總會多補一句：

「你知道什麼是酒都家嗎？」

當然知道，畢竟我不是第一次聽這個故事了，但爺爺不給我回答的機會，立刻接著說。

「依照最近的說法就是所謂的釀酒廠，他們家是那一帶規模最大的釀酒廠。現在雖然很少見了，但當時酒廠規模很大，村子的人幾乎都在那裡工作，是地方上大家都認可的酒都家。」

地方望族的兒子和製作詛咒物品家的兒子是怎麼成為朋友的，爺爺自己也不確定，他跟我說了好幾次他也不曉得原因。爺爺家，應該說我們家，對外說是「鐵匠鋪」，如果接到訂單也會實際製作或維修農具和各種鐵製工具，但真正的本業是什麼，村裡居民和孩子們都很清楚。

現代比較文明一點的說法，會用「巫俗人」這個詞，指的是薩滿、算命師及禮儀師這一類人。他們在當時全都被當成賤民對待，其實不該有這種差別待遇的，但總之那個年代就是如此。可是爺爺家，也就是我們家，卻沒被當成賤民，因為我們家既沒有做法事的薩滿，也不幫人算命，更與喪葬禮儀無關，雖然從事和巫俗相關的事，但沒有人明講，而且我們也確實進行農具修繕或鐵匠工作，所以很難做出明確定義。再加上村裡還流傳著如果惹到我們家就會被詛咒的傳言。當然我們家族是絕對不會將詛咒物品用於私人恩怨，但我們也清楚其他人不可能知道我們家的這個內規，就算知道了應該也不會在意。總而言之，我們家在當時是大家避諱的對象。

「但那個朋友好像絲毫不在意那些。」爺爺說了好幾遍。那些在村子裡傳得沸沸揚揚的謠言、他人茶餘飯後的話題、恐懼與好奇參半的鄰居目光等，爺爺的朋友完全不在乎。對酒都家的兒子而言，只要在同個社區長大，一起上學讀書且年紀相仿的孩子都是他的朋友，他也完全沒有理由僅因父母的工作而不跟哪些人玩。又因爲有錢有地，在地方擁有影響力的釀酒廠少爺把爺爺當成朋友一起玩，同儕也慢慢接納了爺爺。

「他們家父母是眞的很開明。」

爺爺又重複好幾遍。

「不會因爲有權有勢就隨意對待他人，看到任何人都鞠躬問候，誰家有紅白喜事，他們都會率先跳出來幫忙。」

從現代角度來看，爺爺朋友的父母也是有能力的企業家。試圖跳脫村民隨便釀酒在村里間販售的事業規模，將生產流程標準化，打造現代化工廠，也嘗試擴充生意版圖到其他區域，甚至推廣到全國。然而在戰爭爆發後，他們暫時逃往南方，回來後卻發現包含釀酒廠在內的整個村子都被夷爲平地，但爺爺朋友的父母不因此喪志，反而因爲全都被燃燒殆盡，決心從頭開始建造現代化、標準化工廠。

爺爺的朋友很明白父母的理念，也很認眞對待家業。

「我們都以爲那小子日後要當老闆應該會去讀商科，殊不知他去了工科。他說要把親手蒸飯釀酒的味道延續下去，並進行量產。一個高中剛畢業的十九歲小子爲了讓自家的酒制霸全國，非常有企圖心。」

但他的這份野心被政府的糧食政策阻撓了，農業政策的核心重點是大米必須自給自足，政府更明文禁止使用大米釀造特定酒類，將蒸飯和酒麴混合加水發酵的傳統釀酒法也因爲政策而消失了，取而代之的是酒精，即加水稀釋的濃度百分之九十九的乙醇。爲了讓人們能將這噁心的液體喝下肚，硬是在廉價酒裡加入甘味劑，然後拿到酒市開始大量販售。

爺爺的朋友十分灰心，但並未完全死心，他是代代相傳的釀酒匠人家族的兒子，也是具備這個領域相關知識的專家。大米是珍貴的資源，比起喝酒，吃飯確實更重要，所以他暫時接受這個政策，並在遵守政府禁用大米釀酒的這個條件下，開始研究如何進行傳統的手作釀酒。他努力鑽研原料比例、酒精度數、發酵溫度及蒸餾方式等，藉此找出最能復刻過往米酒風味的生產方式。

爺爺在說到這一段時，總會戲劇化暫停。

「你覺得事情會怎麼發展？」

爺爺看著我問。

「你覺得他成功研發出那個技術嗎？還是失敗了？」

這是我聽過無數次的故事了，早已知道答案是什麼。

但我總是笑著搖頭。

「當然是成功啦，他是個聰明又有毅力的人。」

爺爺說，然後露出淒涼的微笑。

「但他也失敗了。」

爺爺的朋友只專注於要研發出更好的技術，做出更好喝且對身體有益的酒，但他完全不知道，那個年代比起產品和技術本身，更重要的是和政府官員的交情、人脈，以及懂得怎麼招待他們。若有必要，甚至還要進行賄賂或不法交易。

此外，還有一家大公司正在虎視眈眈這個已經變質的酒類市場，那是一家人脈和政府關係極佳，善於招待的公司。這家公司打著「庶民最愛」「純正風味」的廣告，販賣他們製造的摻水和添加甘味劑的酒精飲品。檯面上當然是正正當當地運用媒體廣告宣傳，但卻在背地裡毀謗爺爺朋友公司的酒，說他們添加了工業用酒精，要是喝他們家的酒會失明，甚至死亡。

爺爺朋友家的銷售額一落千丈，工廠也停擺了，無論怎麼解釋也沒有人相信，即便他想親自喝下工廠製造的酒以示清白，也沒有任何電視台願意採訪。當時畢竟不是網路世代，若是報社、無線電視台和廣播選擇作壁上觀，爺爺的朋友就沒有任何能正式澄清或發布立場的方法。就算想走法律途徑，因為也不是現在這種能錄音或截圖存證的時代，他根本無法找出使用工業用酒精的傳聞究竟是從哪裡，又是怎麼傳開的。最後法院做出欠缺誹謗或妨害名譽之事實根據的判決，爺爺的朋友也因為事業及官司背負鉅額債務，在僅僅三十多歲的年紀，留下向家人道歉的遺書後上吊自殺。是妻子發現屍體的。喪禮過程中多次昏倒的她，辦完喪事不久後也跟著丈夫走了。一夕間成為孤兒的孩子們，幸好還有住在國外的親戚帶回去照顧，但之後也杳無音信。

朋友的公司倒了，設備全被那個散布「工業用酒精」謠言的競爭公司低價收購，朋友窮盡一生所開發的釀酒祕方也落入對方手裡，鎖在保險櫃裡。

「爲什麼要鎖在保險櫃裡？」

第一次聽到這個故事時，我天眞地問。

「那個公司想要的是用便宜的酒賺大錢，而不是開發其他更好的產品。」

爺爺說明。

「他們自己不做，也不讓其他人做，才不會出現對手。」

經過現代化改良的家族所代代相傳的傳統酒祕方，就這麼被迫消失了。

於是，爺爺製作了詛咒兔。

「想製造好酒販賣不是罪。但就只因爲少了跟有權勢的人交好的門路，也沒有打通這種人脈的錢，一個好好的家庭就這麼支離破碎了。」

爺爺搖搖頭說。

「他非常踏實，個性很好，工作也認眞，又很照顧老婆……眞是很好的一個人……」

雖然這故事爺爺已講過幾十遍，但每次說到這段總會眼眶泛紅，聲音顫抖。

「就這麼一走了之，家破人亡……哪有這種道理？」

雖然世上沒有這種道理，但這樣的人比比皆是，正因如此，我才能延續爺爺和爸爸的工作，繼續以製作詛咒物爲業來維持生計。

但我一句話也沒有說，專心聽著爺爺講了無數次，我早已滾瓜爛熟的故事。

被詛咒的對象必須親手觸碰詛咒物才能啓動詛咒。這是整個詛咒的核心，也是最困難的部分。爺爺動用了所有人脈，想盡辦法接觸那個害朋友自殺的公司的經銷商，找了在那裡上班的職員的朋友的朋友，拜託他把兔子燈親自送到那家公司社長的手上。兔子背上設有開關，只要像撫摸眞正的寵物兔那樣撫摸牠的背就能開燈。

經銷商職員的朋友的朋友搪塞說這是自家老闆出國帶回的禮物，還戴著手套親自示範怎麼打開兔子背上的燈，該公司的社長一邊批核文件，一邊心不在焉地點點頭，並在接了祕書轉接的電話後，便說要和議員見面而匆忙離開。

受爺爺所託的經銷商職員的朋友的朋友也只能將兔子燈留在社長辦公室後離開，雖然他還叮嚀坐在社長辦公室外看起來像祕書的人，要留意不能讓其他人隨便觸摸兔子燈，但這畢竟不是來自經銷商社長的拜託，只是一介職員朋友的朋友的囑咐，祕書也像該公司社長一樣心不在焉點點頭，便又再次埋首於正在讀的雜誌。

聽聞結果的爺爺嘆了口氣，看來該改變詛咒的內容了。

但至少詛咒兔已經在競爭公司的社長家或公司裡了，還不算是完全失敗。

兔子在社長辦公室桌上躺了半天，到了職員陸續下班時被移到公司倉庫，一到夜晚，兔子便開始啃食倉庫的紙，無論是厚紙箱、箱內作爲緩衝包材的報紙、或是塵封在倉庫十幾年的舊帳簿都被一一啃碎，晚上沒有人會來倉庫，兔子看見什麼就盡情啃食。

翌日早晨警衛打開倉庫大門時，發現滿地被嚼碎的紙及兔子大便，警衛一邊抱怨著「倉庫好像有老鼠，要去買老鼠藥」，一邊開始打掃。

兔子依然放在倉庫角落，每到夜晚就開始啃紙。兔子啃食紙張時，雖然警衛偶爾會經過，或是值夜班的職員會拿著手電筒路過，但也只是透過倉庫門上的小窗戶瞄一眼，沒有任何人在乎倉庫內究竟發生什麼事，所以兔子啃完紙張後，便開始啃食木頭。

總公司倉庫的警衛在倉庫周遭發現了不明白色物體，起初在遠處乍看以爲是白棉花團，後來不見了還以爲是被風吹走了；隔天發現白色物體增加到兩、三個，第二天變成五、六個。雖然警衛靠近一看，覺得牠們蹦蹦跳跳逃走的模樣很像兔子，但釀酒公司倉庫附近不可能有野兔出沒，警衛也一轉身就忘了這個念頭。貨車爲了運送物品到分公司而停在總公司，警衛也必須打開倉庫大門並協助搬運箱子，但是警衛、分公司職員及貨車司機都沒發現，有幾隻只有雙耳及尾巴末端是黑色的白兔子，隨著運往分公司的酒箱一起載走了。

不久後，除了總公司倉庫之外，各地分公司與經銷商倉庫也都被不明生物啃咬紙張和木頭，滿地都是像豆子一樣的小顆糞便。不管用捕鼠器或老鼠藥，甚至抓了貓來也無濟於事。看著散落地上的糞便，有人說這比老鼠屎更大顆，比較像是兔子大便。提出此意見的人是任職於分公司財務部的女職員，她的外甥女當時就讀「國民學校」，以生活實習之類的名目養過兔子，她也因此跟著外甥女參觀過幾次養兔場，餵過兔子吃草，但無論是分公司或經銷商都沒有人看到兔子出沒於倉庫，至於那名財務部女職員也只是個整理帳簿、泡泡咖啡，結了婚就會離開公司的女職員，既不是兔子專家，也不是動物專家，她的意見也因此被無視了。

總公司與所有分公司動員全體職員展開大規模捕鼠行動，根據各地實際狀況不同，也確實捕獲不少老鼠，雖然因爲捕鼠行動和大掃除讓職員們生不如死，但很多倉庫變得更乾淨也是事實。然而，只要過一晚，就又有紙張被咬碎，地上又會布滿比老鼠屎大一點的動物排泄物。

因爲紙張不斷被毀損，公司決定把陳年帳簿及工廠剛設立及擴建時使用的設計圖，這類年代雖久遠但很重要的文件移到辦公室內。然而他們不曉得搬移過程中，卻把在白天陽光下看不見，只有雙耳及尾巴末端是黑色的白兔子也一起移進辦公室去了。

住在物流倉庫附近的居民開始流傳釀酒公司倉庫有老鼠的傳聞。嚴格說來，總公司和分公司的職員、倉庫警衛及工廠作業員也都算是附近居民，所以消息無可避免地往外傳開了。

某分公司爲了堵住職員的嘴，以殺雞儆猴的方式解僱了倉庫職員；另一家分公司則是召集全體職員，反覆提醒他們不准在外散播奇怪傳聞。被解僱的職員家裡有行動不便的老母、三個年幼的兒子與五名手足，身爲一家之長的他在夜深人靜時，提著汽油桶翻入公司圍牆試圖燒了公司倉庫，卻被尙未被解僱的夜班職員和警衛逮個正著。還有一家分公司爲了避免謠言傳開，在地方報紙上針對食材管理層面、鼠患所帶來的危害與衛生管理等問題，刊登了一頁全版社論。

倉庫的「鼠」患消息已在各地一波波傳開，公司研判現階段光靠威脅職員不准張揚也難以封住眾人的嘴，便決定舉辦試飲會，大舉邀請職員、眷屬、附近居民以及促進地方發展的知名人士，提供倉庫內的大量酒品試喝，以證明產品衛生或品質沒有任何問題，並且直接呈現釀酒公司正致力於地方發展的事實。

總公司試飲會在公司中庭舉辦，社長、社長兒子與副社長夫婦，甚至連還在讀國民學校的社長孫子也來了。台上的大人說著又臭又長的致詞，公司聘來的樂團演奏吵雜音樂，眾人歡騰飲酒的同時，無聊的社長孫子獨自在公司亂晃。社長媳婦過了好一會兒才發現孩子不見蹤影，四下尋找後發現孩子蹲坐在大門敞開的倉庫前。

當媽媽問他在這裡做什麼，他回答「我在和兔子玩。」媽媽一問兔子在哪，孩子拉著媽媽的手走進倉庫，指著倉庫一角積滿灰塵的置物櫃上的兔子燈，並纏著媽媽說想把燈帶回家。

媽媽說這是公司物品，必須先問過爺爺。可是等媽媽帶孩子回到活動現場後，早就把這件事忘了個乾淨，不過孩子可沒忘記。喝得醉醺醺的社長，聽到孫子詢問能不能把那個他根本不記得在倉庫裡的物品帶走時，他也只是心不在焉地回答可以，便又回去跟其他貴賓喝酒應酬了。

試飲會非常成功，參加聚會的人盡情喝到深夜。社長媳婦一直撐到孩子累得開始發牢騷，才帶孩子回家。在返家的車上，孩子寶貝似的抱著那隻滿是灰塵的兔子燈。

試飲會成功落幕後，真的有效抑制住倉庫的「鼠」患傳聞，而且造成總公司「鼠」患的始作俑者——兔子燈，也從倉庫移到了社長兒子家中。

然而，已擴散到總公司、分公司及經銷商倉庫的兔子們並未因此消失，一起從倉庫移到辦公室的兔子們也是，牠們持續啃咬眼前的東西並且不停繁殖。

每天晚上，抽屜和鐵櫃中的訂單、合約書、業績報告、帳簿、財報等所有文件都被嚼碎了。

挑出重要文件移往保險櫃後，竟連保險櫃裡的現金與支票也開始遭到啃咬了。

公司不僅將包含保險櫃在內的所有物品移到中庭，進行大規模消毒作業，甚至還找來專門機構處理相關防疫作業。與此同時，社長的孫子天天坐在點亮的兔子燈前寫評量作業，晚上睡覺前也把兔子燈放在床鋪旁邊。孩子非常喜歡這盞可愛的兔子燈，甚至還跟來家裡玩的朋友炫耀過幾次，說這是爺爺收到的外國禮物。社長孫子無論開燈或關燈，一天總會觸摸兔子背上的開關無數次。

社長兒子家裡的兔子已不再啃食紙張。

牠開始啃其他東西了。

社長孫子就讀國民學校畢業班時，除了身材比同齡孩子瘦小一些之外，沒有任何疾病問題，身體十分健康。根據孩子媽媽的說法，雖然孩子老把寫評量作業拋在腦後，特別喜歡和朋友踢球玩耍，但他的成績其實挺不錯，也很認眞上課，是個善良又天眞的孩子。

孩子剛開始忘記寫學校作業或攜帶物品時，沒有任何人在意，因爲是釀酒廠社長的孫子，平常又很會讀書，學校老師與其選擇訓斥他，倒不如婉言規勸提醒。但當孩子繼續把作業和攜帶物品忘得一乾二淨，聽老師規勸也開始不耐煩起來，老師不得不打電話給孩子的母親，並提到最近部分孩子的青春期有提早到來的趨勢，請媽媽特別留意孩子的狀況。這些話媽媽都認眞聽進去了。

在假期快結束前，孩子開始拿吃飯做文章，明明吃飽了也硬說自己沒吃，還從冰箱裡偷出小菜藏在家中各處。媽媽想動手收拾，他就開始歇斯底里，大吵大鬧。家人都覺得孩子是因爲青春期才會這樣，所以更用心準備更多元的餐點和零食，但孩子的嘴饞、懷疑及歇斯底里卻越來越嚴重，狀況絲毫沒有改善。

接著在開學第一天，孩子從學校返家時迷路了。那是孩子這六年來天天都走的路線，徒步大約十分鐘，再長也不可能超過十五分鐘的距離。

看到孩子在學校周邊失神徘徊，困坐路邊的模樣，同一社區的阿姨送他回家。站在門口的孩子渾身散發惡臭，阿姨尷尬地說：「可能是坐在路邊時大便了。」媽媽聽到這話備受打擊，還來不及道謝，對方就急匆匆地轉身離開了。

社長兒子夫婦帶著孩子去看醫師。社區小兒科的建議是，帶孩子到大醫院檢查。但是去了附近的大學醫院，卻依然毫無斬獲，畢竟那是還沒有兒童精神專科和MRI的年代。不過在大學醫院診間裡，醫師觀察到孩子雙眼無神、身體搖來晃去、口裡滿嘴胡言亂語，甚至還坐著小便，他認真建議說孩子看起來很焦慮，應該要帶去看精神科。孩子父親一聽就氣得跳起來說，「你現在是說我兒子瘋了嗎？」他脹紅著臉臭罵了醫師一頓，最後還甩開試圖勸阻的妻子，抱著孩子衝出醫院，只留下孩子的媽媽無助地含淚向醫師謝罪，然後追著丈夫和孩子跑了出去。

從大學醫院回來後，孩子的狀況急轉直下，不僅認不出父母，還在穿著衣服的狀態下大小便，甚至也無法正常行走，口中雖念念有詞卻怎麼也說不出有意義的單字。孩子一天中大部分時間都躺在床上，雙眼無神地看著天花板，發出無意義的聲音。他對兔子燈特別執著。這時兔子燈已從孩子的書桌移到床邊，孩子即使老盯著天花板，也會不時轉頭確認兔子燈在身邊才能放心。倘若有人碰了兔子燈，他就會非常不安地掙扎。

沒有任何一個大人發現，孩子睡著後，鼻子會像兔子一樣一開一合，嘴巴也會上下打顫，偶爾甚至會豎起耳朵。在夢裡，孩子和只有雙耳及尾巴末端是黑色的可愛白兔一起坐在樹下開心啃食自己的大腦。孩子的世界被啃得越來越小，最後他再也無法離開，永遠和兔子待在那棵樹下。不過由於他已經什麼都無法理解，所以只覺得能和兔子一直相處十分開心。

社長孫子躺在兔子燈旁床上慢慢死去的同時，年份變了、政權變了，世界也變了。那些在背後幫助社長公司的便宜劣酒獨占市場的權貴人士，也失去了權力與職位，因此公司自創立以來，首次面臨稅務調查。

當時，公司的業績報告、帳簿、財報及每日批核文件，幾乎全被看不見的兔子啃食乾淨，明明申報過的營利紀錄及納稅紀錄也都被啃咬成碎片，無法辨識內容。

兔子甚至開始啃咬辦公室壁紙，還在木造建築的牆壁或門上留下齒印，公司所有重要文件都變成了破紙碎片，總公司與分公司建築物本身也開始遭受大幅破壞，連職員們都能明確感受到公司內外都在崩塌。

但社長本人並不想承認這件事。

長期臥床，總是雙眼無神盯著天花板的社長孫子，只剩下一口氣在。

然後某一天，孩子便不再呼吸了。

孩子父親辦完喪禮回家後，把自己鎖在兒子房間裡痛哭許久，他坐在兒子的床上，將兒子心愛的兔子燈放在腿上撫摸著，放聲哭喊著兒子的名字。

國稅局在調查後得出的結論是，除了公司要小聰明避繳的稅金外，還要繳納已繳稅金的滯納金。縱使公司再怎麼想證實有按時繳稅，卻找不到半張無破損、能正式提交的紀錄文件。

公司有關經營與財務相關紀錄全數消失的消息一傳開，債務人也開始主張既然沒有紀錄能證明欠過錢，那就無需還債；債權人則是開始要求公司即刻還錢。社長勃然大怒，他前往只有自己知道的祕密金庫，那裡面存放登記所有財產、債券及債務內容的祕密手冊，可是當他打開金庫，卻看到祕密手冊已成碎片，部分被嚼成廢紙團，還有部分被吃掉了。

通常到了這種時候，故事常見的走向應該是社長被氣昏，並從此一病不起，但兔子可不想這麼輕易放過他，所以社長並未因此倒下。

倒下的是社長兒子。在死去兒子床上哭累睡著的他，隔天起床腳一踩地，右腳腳踝就斷了。摔倒的同時，伸手保護頭部的動作也讓他的左臂有三處骨折，一處骨裂。

社長兒子是不到四十歲的健康成年男性，小時候不曾受過重大傷病，這輩子更是從來沒骨折過。

社長兒子在骨折手臂植入鋼釘手術後，右腿和左臂也打上厚重石膏。就在他躺在醫院養病時，公司迅速垮台，社長一面躲避國稅局欠稅催繳與債主的討債，一面忙著追討債務人積欠的債務，根本沒空到兒子所在的醫院探病。社長兒子從妻子口中聽到公司狀況後，焦急地想著「與其如此，不如去幫忙」。但是，當他硬是要下床，才把腳放到地上，沒受傷的左腳腳踝也斷了，再次摔倒時，坐骨也骨折了。

手術耗時九個鐘頭，好不容易結束手術，被送往病房的社長兒子因為麻醉藥效，嘴巴偶爾上下打顫，鼻子一開一合。

兔子努力地在啃食他。

公司破產那天下午，社長才首度來到醫院探望兒子，兒子因爲鎮靜劑的藥效沉沉睡著，但全身幾乎都用繃帶纏住，就像木乃伊一樣。

兒子一直在睡覺。等手術結束、麻醉藥效退掉之後，兒子一睜眼就碎念著床上坐了一隻兔子，剛開始沒有人把他的話當眞。然後，社長兒子又一直說床上有兔子，牠想啃食自己的毯子。這句話也沒有任何人聽進去。接著社長兒子開始大喊兔子要開始啃他的腳了，並掙扎著要離開病床。他的妻子慌張地喊人來幫忙，護理師們趕來壓制奮力掙扎的社長兒子，但他口中仍喊著和兔子有關但莫名其妙的話。最後三名女人與緊急跑來幫忙的兩位護理師各自抓住四肢，妻子則緊抱著他的身體。就這麼一折騰，社長兒子原本完好的右手臂骨折了，肋骨也出現兩處骨裂。

此後，只要社長兒子一清醒就會開始發狂，大吼大叫有關兔子的事，並在試圖讓他冷靜的過程中再度骨折——無論是因爲外人制伏他、他的手撞到床頭，或是在打石膏的狀態下掙扎，身體就又會有部位骨折。因此，爲了讓他能平靜地等到骨頭長好，只好讓他一直睡覺。

社長陷入沉重麻木的絕望中，看著全身繃帶纏滿，一直沉睡的兒子。他心想，寶貝金孫已經死了；身爲三代獨子及公司唯一繼承人的兒子如今成了這副模樣；公司也倒了，剩下的只有一屁股債。他都不知道還能不能繳納滯納金和罰金、還債以及負擔兒子住院的醫藥費，他要是因爲逃稅被抓去監獄就一切都完了，但現在也不可能讓輕輕一碰就會骨折的兒子出院。

爺爺講到這裡停下來看著兔子燈。樹下的兔子身體白白胖胖，只有雙耳及尾巴末端是黑色的。雖然使用堅硬材質製作，但在爺爺身邊發光的白兔，看起來就像是穿著一身毛茸茸的毛皮，感覺會豎起雙耳或開合鼻孔嗅聞著。

「結果怎麼了？」我問。

當然，我早就知道這個聽過不下數十次的故事結局，在預期故事會停頓的地方問出意料之中的問題，根本不能算是提問，更像是我和爺爺約好的助興方式。

「都死了。」

爺爺回答。

「社長兒子最後死在醫院裡，社長辦完兒子喪禮後，隔天就從公司頂樓跳下去，也死了。」

爺爺一邊說，一邊下意識地摸著兔子燈的兔耳和頭。

兔子也動了動只有尾端是黑色的耳朵。

我們不能爲了個人目的製作詛咒物，家族製作的器具也不能做成詛咒物。當初有這條不成文規定是有原因的。

日本俗語說：「詛咒別人會打開兩座墳墓。」意思是若要詛咒他人，你自己也會因此踏進墳墓。

以爺爺的狀況而言，該說有三座墳墓嗎？被爺爺詛咒的社長、社長的兒子及孫子都死了。只是沒有任何人知道爺爺的墓在哪裡，因爲某天爺爺離家後就再也沒回來了。

不，他回來了。

月色朦朧的夜晚，或雨勢大到看不清路燈燈光的夜晚，在自然與人工光線都無法作用而顯得黑暗寂靜的夜晚，爺爺總會出現在他的搖椅上，點亮兔子燈，重新述說講了幾十次的故事。

這就是爺爺的詛咒嗎？

還是祝福呢？

「很晚了。」

爺爺說。

「明天還要上學，早點睡吧。」

我早已過了上學的年紀，家裡也沒有要去上學的人了，但我還是乖巧地回答：

「爺爺晚安。」

然後我衝動地在爺爺滿是皺紋的臉頰上，輕輕吻了一下。

爺爺是怎麼死的？在哪裡死的？屍體呢？墳墓在哪？我也曾考慮過是否要開口詢問，而且是想了無數次。但每當我想問問題時，總會努力壓抑下來。

要是爺爺回想起來或意識到現實，他可能就不會再來了。更糟的是，萬一爺爺想不起這些事，我不但無法得到解答，爺爺更會被我的問題嚇到不再來找我。那種狀況我受不了。

所以我什麼話都不說，靜靜回到房間並關上房門。

門我沒關緊，這樣就能從門縫安心地偷看依然坐在客廳的爺爺，以及他身旁的漂亮兔子燈。

「越是要用來詛咒的物品，就越要做得漂亮。」

爺爺總是這麼說。詛咒物的事業也是前所未有的繁榮。

若我繼續過著這樣的生活，總有一天，我也會像爺爺一樣，進入生與死之間。在沒有月亮的夜裡，在某個漆黑的客廳裡，永遠坐在某個像錨一樣將我困在此生的物品旁。

不過，等到那時，當我坐在窗邊搖椅上，卻不會有來聽我說故事的子女或孫子。

我懷著這樣的想法關上房門，獨自站在全然的漆黑之中。

在這個扭曲又悲慘的世界裡，那是我唯一的安慰。

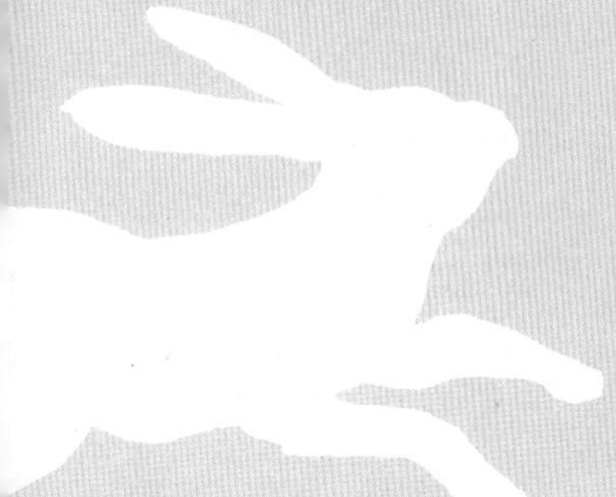

頭

某天上廁所沖完水，正要出來的時候。

「母親。」

她回頭看，馬桶裡冒出一顆頭呼喚她。

「母親。」

她靜靜看著那顆「頭」好久好久，按下沖水鈕，唰的一聲，「頭」也消失了。

她踏出廁所。

幾天後，她又在廁所遇到「頭」。

「母親！」

她再次打算按下沖水鈕，「頭」急忙大喊。

「不可以，等一下，等等……」

她停下動作，瞥了眼馬桶裡的「頭」。

準確來說它不是「頭」，而是「長得像頭的東西」。大小爲普通人頭的三分之二左右，像是隨便揉成一團的黏土球，黃黃灰灰的頭上蓋著被水淋濕的稀疏髮絲，沒有耳朵，也沒有眉毛，髮絲下有一雙不曉得是睜眼還是閉著的細長眼睛。下面那團凸起看起來像鼻子，嘴巴部分沒有嘴唇，只是一條橫線。那條線咧嘴對她說話，尖銳的聲音混雜像是溺水者在水中發出的咕嚕咕嚕聲，很難聽懂。

她問：

「你是什麼東西？」

「頭」回答：

「我是『頭』。」

她繼續問：

「嗯，我知道，但你爲什麼待在我的馬桶裡？爲什麼叫我『母親』？」

「頭」笨拙地張開沒有嘴唇的嘴。

「我是因爲那些被丟進妳馬桶中的落髮、排泄物、衛生紙等東西，才得以形成，所以我當然稱妳爲母親。」

她生氣了。

「我可沒答應你來霸占我的馬桶，就算你喊我母親，我也不會承認創造過你這種東西。趁我還沒找人把你除掉之前，快滾吧。」

「頭」回答道：

「我不敢期望發生什麼偉大的事情，只希望妳像之前那樣，繼續把穢物丟進馬桶裡，我軀體的部分就能完成。到時我就能走得遠遠的，用自己的力量活下去，請別在意我，只要像昨天以前那樣繼續使用馬桶就好了。」

她冷冷地說：

「這是我的馬桶我當然會繼續用。但一想到我的馬桶裡藏著你這種東西就很不高興。誰管你的身體會不會完成，對我而言那不重要。我不管你要做什麼，但希望你別再出現在我面前。」

「頭」消失在馬桶裡。

但「頭」之後也不斷出現，只要按下沖水鈕，它就會悄悄冒出頭，呆滯地盯著洗手的她。當她有所察覺並回頭看，便能短暫和那雙不曉得有沒有睜開的眼睛視線交會。它看起來很努力想用那張皺成一團的臉做表情，但實在無法分析那是什麼神情。當她靠近準備再次沖水，「頭」便會立刻消失在馬桶裡。她也會蓋上馬桶蓋再次沖水，盯著馬桶許久才離開廁所。

某一天，她一如往常地如廁、沖水、洗手。「頭」也不意外地再次出現在她身後，她洗手時透過鏡子看著「頭」，「頭」也望著她。稀疏的頭髮下，平常應該是黃黃灰灰的一團皺臉，那天卻顯得有點泛紅。

她當時正在經期中。

她問了「頭」。

「你會變色跟我的身體狀態有關嗎？」

「頭」回答。

「母親的身體狀態會直接反映在我身上，因爲我是完全依賴母親而存在的。」

她脫下內褲，撕下衛生棉，把沾著經血的衛生棉直接貼在「頭」的臉上，並將「頭」壓進馬桶沖掉。

「頭」和衛生棉被一陣漩渦水流捲進黑洞裡。她洗手後，在洗手台嘔吐，吐了好久好久，才把洗手台清潔乾淨，離開廁所。

馬桶堵塞了，水電工從馬桶取出戰利品一般的衛生棉，還說教了大半天要她別把異物丟進馬桶才離開。

後來，她養成蓋上馬桶蓋的習慣，如廁後會定時檢查馬桶內部也成了習慣，但她也便祕了。

某天，正當她要蓋上馬桶蓋時，看見了迅速冒出的「頭」。她像是要把馬桶蓋扔掉一樣急匆匆地蓋上並沖了好幾次水。離開廁所前，小心翼翼掀開馬桶蓋的她與「頭」四目相接，它在水中看著自己，周圍漂浮著它的頭髮。她再次蓋上馬桶蓋，雖然按了沖水鈕，卻不再有水流出。

她跟家人們說了這件事。

「又不是在孵蛋，就隨它去吧。」

家人對這件事絲毫不感興趣。

此後，她盡可能不在家上廁所。

某天，她在公司廁所也看見了「頭」。沖水後出來洗手時，看見鏡子映照出馬桶裡的「頭」正用它的黃臉看著自己。隔天，她辭職了。

便祕越來越嚴重，甚至還得了膀胱炎，醫師叮嚀要她定時上廁所，但她只要想到上廁所時，會有個東西在下面等著接收自己的排泄物，就實在無法在任何一間廁所安心如廁。

膀胱炎和便祕一直不見好轉。

家人們說既然辭職了就乾脆結婚吧。在媽媽的建議下她去了相親，對方是在一家很有名氣的貿易公司上班的平凡上班族，夢想是和文靜的女人結婚生子，共度幸福快樂的日子。是個除了理所當然的事物以外，不會有任何天馬行空的想像，樸實又健壯的男人。在陌生的異性面前，她一直因爲上廁所的問題惴惴不安，男人看著她說，他的理想型是容易害羞且純眞文靜的女性，這個年代在男人面前還這麼害羞的女性實在不多見了。在男方家人的強力主導之下，他們三個月後訂婚，然後又過三個月就結婚了。

雖然結婚了，她卻很擔心蜜月旅行，幸好旅程中都沒有遇見「頭」。搬進新婚房的第一件事就是確認廁所和馬桶，什麼都沒有。在新家展開新生活後，膀胱炎和便祕也改善許多。天天過著沒有太大起伏的平凡生活，她覺得這也是一種幸福。忙著適應新生活的她也漸漸不再想起「頭」。不久後，她懷孕了，也完全忘了「頭」的存在。

「頭」再次出現的時間點是孩子出生不久後，當時她正在替孩子沖澡。

「母親。」

她差點把孩子摔進水裡。

「頭」變得跟一般人的頭差不多大，雖然那顆頭仍舊像隨便揉成一團的黏土球，黃黃灰灰的臉蛋和輪廓沒有多少改變，但眼睛比之前大了些，看得出有沒有在眨眼，也長出像嘴唇的東西，臉的兩側還出現像亂貼上去的兩團耳朵。輪廓不甚明顯的下巴下方，竟然新長出一團像脖子的東西。

「母親，那個孩子是母親的孩子嗎？」

她驚訝地問：

「你爲什麼又出現了？誰告訴你這個地方的？」

「頭」回答：

「母親的排泄物也是我的一部分，無論母親在哪，我都能找到您。」

這番話聽在她耳中非常刺耳，她發火道：

「我明明叫你再也別出現，爲什麼又要來叫我母親？這孩子是誰的孩子跟你又有什麼關係？對，她是我的孩子，世界上能叫我母親的人就只有這孩子。給我滾，別再出現在我面前！」

孩子哭了起來。

「頭」回答：

「雖然我和那孩子出生的方式不同，但也是母親所創造出來的。」

「我應該說過我從沒創造出你這種東西，我也說過要你滾開，不然我會用盡各種方法消滅你的。」

她蓋上馬桶蓋，按下沖水鈕，接著安撫孩子並洗淨她身上的泡泡。

自從那次之後，「頭」又開始頻繁出沒了，她又會感受到沖完水洗手時在背後凝視自己的目光。用眼尾餘光還可以看到黃黃灰灰的東西，但她一回頭就馬上消失不見，只是馬桶裡總會飄著幾根不明的頭髮。

膀胱炎和便祕再度復發，但她更擔心她的孩子，擔心「頭」是否會忌妒孩子？會不會傷害孩子？光是想到孩子也有可能看到「頭」，就令她難以忍受，每當孩子去廁所，她就會變得不安。

必須消滅掉「頭」，她下定決心。

她進入廁所，如廁後沖水，一邊洗手等待「頭」的出現，在馬桶裡冒出黃黃灰灰的物體時，她靜靜地說：

「我有話要說。」

洗完手，她蹲在馬桶前看著「頭」的臉。

「你……」

她猶豫了，「頭」等著她把話說完。

她突然伸手抓住「頭」，輕鬆將它抽出馬桶，用塑膠袋包起來丟進垃圾桶，接著安心回歸日常。

但和平沒有持續太久，某天她和孩子在廁所裡，快速成長的孩子已到了學習自理大小便的年紀，只要一步步提醒她脫褲子、坐在馬桶上廁所、擦屁股、穿好褲子、沖水洗手的步驟，孩子不需要特別協助也能自己如廁，只是因爲身高不夠，還需要旁人抱起她才能順利洗手。此時，那個黃黃灰灰又眼熟的東西，再度出現在馬桶裡。

「母親。」

她轉頭，「頭」正在盯著自己。她讓孩子洗淨手上的肥皀泡沫，用毛巾擦手後，要孩子先離開廁所。

「母親。」

「怎麼回事？你爲什麼又回來了？」

「頭」的嘴角揚起奇妙的角度。

「我拜託清潔隊員把我丟進馬桶了。」

她不再多說任何一句話，按下沖水鈕。伴隨嘩啦啦的聲響，「頭」被捲進漩渦中，消失在馬桶裡。

在廁所外等著媽媽的孩子很好奇。

「那個東西叫做『頭』，如果以後又看到就直接沖掉。」

她這麼告訴孩子。

「頭」在孩子也在場時出現了，還不要臉地喊她「母親」，這次她下定決心一定要徹底消滅掉「頭」。

要把「頭」從馬桶抽出來並不難，但要把裝進塑膠袋的「頭」丟進垃圾桶時，她猶豫了。「頭」會說話，隨便丟掉可能會像上次一樣又受到別人幫助而回家，必須讓它說不出話才行。

她把「頭」裝進小桶子，放在陽台日照充足的區域，她認爲只要無法繼續吸收排泄物和水分就能讓它乾掉，另一方面也是因爲她無從得知有沒有其他方法，況且她不想再去打聽和嘗試了。

她小心翼翼不讓丈夫及孩子隨便亂動裝了「頭」的桶子，丈夫幾乎不會去陽台，但孩子對「頭」有極大的好奇心，她會不斷偷瞄，還試圖想摸「頭」，並和它說話。她發現後，痛罵了孩子一頓並把桶子藏起來。

丈夫獲得了幾天休假，一起出遊幾天返家後，她去了廁所。洗手時，後方又出現了某個東西，她回頭一看，接著蓋上馬桶蓋沖水。

她訓斥孩子。

「是妳吧！我不是說過不准動它嗎！」

孩子哭了，丈夫前來調停。

「妳是說桶子裡的東西嗎？它叫我把它丟進馬桶我才丟的，怎麼了嗎？不能這麼做嗎？」

她說明了原委。

「也沒什麼啦，就隨它去吧，反正它也不會爬進家裡，也不會下蛋嘛。」

丈夫不以爲意地說。

她做了場夢，是一個鋪著磁磚的白色大房間，「頭」突然出現在她身後，她嚇得回頭，但它又從其他方向冒出。「頭」不斷從四面八方出現，孩子則是開心地指著它。

「是頭！是頭！」

她向正在身旁讀報紙的丈夫尋求幫助，但丈夫一臉不情願。

「隨便它啦，又不是什麼大不了的事。」

丈夫的話在屋裡迴盪，隨便它啦，又不是什麼大不了的事。隨便它啦，又不是什麼大不了的事。

沖水鈕在很靠近天花板的位置，她好不容易爬上去按下。沖水的同時，丈夫和孩子也和「頭」一起被捲進漩渦，她與依然開心的孩子及一臉不情願讀著報紙的丈夫一起被捲入黑洞。緊抱著孩子的她想掙脫漩渦，此時耳邊傳來熟悉的聲音。

「母親。」

她看向懷裡的孩子，孩子小小的身軀，細細的脖子上坐著巨大的「頭」。

她從惡夢驚醒，蹣跚地走進廁所，癱坐在馬桶前，呆呆地看著一塵不染的潔白馬桶，透明且靜止的水，以及水下的黑洞，一面想像著住在裡面的東西，以及與那個黑洞連結的地方。

不過，「頭」在差點被曬死後就沒再出現了。隨著時間流逝，她也不再做有關「頭」的惡夢。她靜靜爲丈夫和孩子做飯、洗碗、洗衣、打掃、購物，埋首於不特別但平靜的生活。丈夫以不比其他人快但也不慢的速度，穩定在組織內升遷，雖然丈夫不算是特別溫柔或居家的性格，但卻是個每逢孩子或妻子生日總會買蛋糕回家一起吹蠟燭的男人。孩子也和其他人一樣上小學、讀國中，轉眼已是高中生了。成績平平，雖然漂亮但不算特別引人注目的美女，是早上會賴床，喜歡藝人，會因爲青春痘煩惱的平凡高中生。

「快吃早餐，要遲到了。」

「媽，妳有沒有看到我的制服領帶？」

「掛在妳房間門把上，慢慢吃，別噎到了。」

「嗯，可是啊，我昨天在馬桶看到一個人頭。」

「是嗎？有怎樣嗎？」

「沖水就不見了耶。」

「做得很好。還要喝湯嗎？」

「不了，媽，但我之前也常常看到那顆頭，不能想辦法把它弄掉嗎？好討厭。」
「別在意它了，沖水就好啦。吃飽了嗎？」
「嗯，我出門了。」
「記得帶便當。」
「嗯，再見。」
「路上小心。」
關上門。
別在意。
那沒什麼。
她開始收拾餐桌。

孩子從高中生變成大學生了，她發現自己臉上出現許多不曾注意的皺紋與變得粗糙鬆弛的皮膚。孩子的臉變得很適合她送的口紅，已經長到亭亭玉立、有女人味的年紀了。在那張熟悉又陌生的臉上，她看見年輕時的自己，同時感受到驚奇、滿意、愛與忌妒。在孩子的長直髮染上紫色的那天，她獨自站在鏡子前，偷偷摸著自己補染成黑色，燙得彎彎曲曲的「婆媽鬈髮」。

獨自在家的時間變長了，丈夫升爲中階主管後每天忙於公事，孩子也有自己該忙的事情，太陽下山前全家人幾乎不會聚在一起。雖然有時候丈夫會早點下班，能一起共度靜謐的兩人時光，但兩人也不曾有過轟轟烈烈的戀愛故事，沒什麼能分享的回憶。他倆已平淡度過一輩子，也不會到現在才突然有什麼遲來的深刻感情。總是一起安靜吃晚餐，安靜看電視，夜深了丈夫總會先去睡覺。

她常常自己看電視。孩子晚歸的日子、丈夫加班的日子，或是全家人都睡著的夜裡，她會獨自看電視看到早上升旗時間爲止。一方面是因爲沒什麼事可做，另一方面她更是爲了專注於電視畫面，以盡量避開那個總在內心深處盤旋的奇妙感受。那是個又空又滿，又酸楚又麻木的奇妙空間，若是不小心稍稍鬆懈，那個空間會突然膨脹並占據她的心思，所以她才一直看電視，看著那些沒意義的畫面讓頭腦和心靈清空，但無論她怎麼把萬千思緒掏空又掏空，總會不斷地湧現……

某天晚上，她去了廁所。

當時，她一如既往看著電視，畢竟今天也只有她一個人在家。上完廁所的她習慣性蓋上馬桶蓋沖水，正要洗手的她看見鏡中的自己：下垂的眼皮、皺紋及粗糙皮膚，以及再度冒出的白髮。她撥弄著頭髮打算過陣子要補染時，從鏡子發現馬桶蓋稍有移動的樣子。

喀。

濕答答的手從馬桶內部推開蓋子，接著出現另一隻手，雙手抓住馬桶邊緣。

接著她從鏡中看見，馬桶裡出現一個被滿頭茂密烏黑濕髮覆蓋的後腦杓。

精巧的手以纖長手指緊抓著馬桶邊緣，使勁撐起身體，然後是骨架纖細的窄肩、優雅的身材曲線與瘦長手臂，同時出現披散著一頭秀麗長髮的光滑背部與誘人的細腰，下方是豐滿的白皙臀部，以及有著健康肌肉及柔和線條並連接著膝蓋的結實大腿。她伸出一條白皙光滑的長腿踩在馬桶邊，用勻稱肌肉的小腿使勁撐著，肌肉微微鼓起，腳踝很纖細。另一條腿也出來後，有著小巧腳趾的瘦長腳掌輕輕落在廁所地板，赤裸的身軀被水浸濕，在廁所的日光燈下映照出黃黃灰灰的光芒。

她目不轉睛地看著鏡子，從馬桶出來的人緩緩轉身面向她，她看見鏡中衰老的自己身旁映照著自己年輕的模樣，年輕的她對年老的她露出微笑，她也緩緩回頭看向年輕的她。

現在已不再是「頭」的她就站在自己身後，臉孔與年輕的自己一模一樣的她，正對著自己笑著。

「母親。」

雖然是音調偏高的假音，但原本那個咕嚕咕嚕，像快溺死的人所發出的刺耳聲音已煙消雲散。

「妳不認得我了嗎？母親。」

「嗯……」

她的嘴裡只漏出一點生鏽的嘎吱聲。

「這段時間過得好嗎？」

「……」

「我的身體終於完成了，按照當初向您承諾的那樣，我準備要獨立生活了，所以特地來跟您打招呼，最後也想再拜託您一件事。」

她只聽見一個單字。

「拜託？」

「請別擔心。」

「頭」為了讓她安心又露出微笑。

「我如果要在外面生活，總不能像現在這樣光溜溜跑出去吧？光用母親賜給我的東西組成肉體就很勉強了，實在沒法做出掩蔽身軀的道具，這是我第一次也是最後一次請求您，只要給我一套衣服遮醜，我就立刻離開。」

她正打算要離開化妝室回房間衣櫃拿衣服，卻被「頭」阻攔。

「我不想造成母親的困擾，也不奢求特別好的衣服，只要把您現在身上這套衣服脫給我就夠了。」

她回答。

「妳在說什麼？叫我為了妳把身上穿的衣服脫掉？而且還是在這冷冰冰的廁所裡？給什麼妳就穿什麼，為什麼到最後還有這麼多要求？」

「請您冷靜，母親。」

「頭」用那張她年輕時的臉龐懇求。

「到目前為止，我只收過母親丟掉不要的東西，這是我第一次也是最後一次的請求，只要把您身上的衣服脫給我，我會感受著您的體溫和味道，並且直到我死的那天都會繼續感激您的。」

她看著那跟年輕時的自己一模一樣的臉和身體，那個不靠子宮與臍帶，而是用大腸及排泄物慢慢成形的存在；那個躲在純白瓷器的黑色洞口裡折磨自己許久，現在終於要離開的存在。如果道別才是對的，如果對方眞的一去不會復返，就給她一套衣服也無妨吧。

在年輕的她用毛巾擦乾身體時，年老的她脫下衣服，那不是多漂亮的衣服，就只是一件開襟衫與洋裝、胸罩及內褲和襪子。變得赤裸的她，看著年輕的她緩緩拾起一件件衣服穿上，內褲、胸罩、洋裝、開襟衫，年輕的她仔細地穿上衣服。最後，她穿上襪子，扣上開襟衫前襟，年老的她光著身體突然感到一陣寒意。

「衣服都穿好了就快走吧，我很冷，要去穿衣服了。」

她爲了去穿衣服，打算離開廁所。

年輕的她阻擋了去路並指著馬桶。

「妳要去哪？妳該去的地方不是外面，而是那裡。」

年老的她抗議：

「這是在胡說八道什麼？跟我討衣服的時候，我不是給妳了嗎？都照妳的話做了，不就該心懷感激地離開嗎？叫我去馬桶裡又是什麼鬼話？快滾！」

年輕的她一臉扭曲地嘲諷道：

「既然妳都照我說的話做了，現在就只剩下那個年老的軀殼而已，這段日子我在裡面也受夠了，妳在外面也享受了一切，現在輪到妳進馬桶了，我會占據妳的位子，繼續享受妳享受過的那些東西。」

年老的她反駁：

「妳也太忘恩負義了吧？我哪有享受過什麼？過著和一般人一樣的生活，妳還一直糾纏我，把我那僅存的幸福都毀掉了，不是嗎？是因爲妳說妳是來自於我，我才忍住那些厭惡和噁心養妳到現在。如果妳對糾纏並折磨我的行爲有所自覺，也明白這段時間的養育之恩，那現在身體既然都完成了，還是快快安靜滾開才合乎道理吧？快點從我面前消失，別再出現了！」

年輕的她臉上笑意全失，瞪大了雙眼並咬牙切齒，用冷靜但壓抑怒氣的聲音，字正腔圓地說：

「養育之恩？什麼恩惠？我有拜託過妳讓我出生嗎？都說我是妳的創造物了，妳曾經好好照顧過我嗎？妳在不尊重我的意願下讓我出生，在那之後也一直嫌棄並討厭我，還一直處心積慮想除掉我，不是嗎？妳施捨給我的也只是對妳而言有百害無一盆處的排泄物和穢物罷了。爲了長大成人，我還必須忍受妳的羞辱和虐待，好不容易我的身體終於完成了，我在那個黑洞裡等的就是今天，以後我會取代妳的位子，繼續過著妳的生活。」

語畢，年輕的她靠近年老的她，用她年輕有力的手掐住年老的她的肩膀和脖子，將年老的她的頭塞進馬桶，接著迅速抬起她的腳踝，輕鬆將她的身軀倒插進馬桶裡，年輕的她蓋上馬桶蓋，用力按下沖水鈕。

冰冷的手指

她睜開眼。

很暗，很黑，像有一層黑布蓋在眼前一樣，看不見任何光線。

是瞎了嗎？

她伸出一隻手在眼前晃動，依稀能看見有東西在晃，但無法辨識確切形體。

就這樣晃了幾次，她放棄了，這股黑暗太濃了。

現在究竟是幾點？怎麼會這麼暗？這裡又是哪裡？爲什麼這麼暗呢？

她伸手向前摸，圓圓的，硬硬的。

是方向盤。

右手繞到方向盤右後方摸到鑰匙孔，鑰匙還插在上面。她試著轉動鑰匙，沒有反應，無法發動車子。

左手摸著方向盤左側，摸到像棒子一樣硬硬的東西，她往下壓，理論上應該要能打開左側方向指示燈，但看不見任何閃光，再往上推也依然沒有反應。沿著方向燈撥桿摸到頂端的前照燈開關，嘗試轉動卻依然沒有光源。

這是怎麼回事？

她試著回憶，但腦內和眼前一樣漆黑。

「……師。」

某處傳來一個細細的女聲，她抬起頭。

「老師。」

聲音再次傳來，她試著轉頭看向聲音來源，但聲音太微弱，無法確定是哪裡傳來的聲音。

「李老師。」

「什麼？」

她回答，聲音從何處而來？是誰？不，她連對方是不是在呼喚自己都不曉得，但因爲聽見有人的聲音太開心了，她毫不遲疑地回應。

「有人嗎？請問妳是誰？我在這裡！」

「李老師，妳還好嗎？」

聲音就在左側。

「李老師，妳受傷了嗎？」

「……沒有。」

她試著活動四肢，沒有特別疼痛的地方。

細細的女聲依舊從左側傳來。

「那快點從車裡出來！」

「爲什麼？我怎麼了嗎？這又是哪裡？」

細細的女聲冷靜道：

「這是濕地，車子正在漸漸下沉，快出來！」

她試著移動身體，安全帶壓住她的上半身。她順著胸口的安全帶摸到腰間的釦鎖解開，身體轉向左側開始尋找門把，她摸到窗戶順勢往下。

「李老師，快點！」

細細的女聲催促著。

左手摸到門把，拉了一下，但車門紋風不動，她再試著推開。

「李老師，快！」

「門打不開。」

她慌張了。細細的女聲指示著：

「裡面鎖住了，把門鎖解開。」

她再次摸索著門把附近，摸到好幾個按鈕一一按下，在按到第三顆按鈕時聽見喀嚓聲，從車門傳來的些微震動就像救世主降臨一樣令她高興。

她再次拉了門把，感覺到門微微開了，但還是有被東西擋住的感覺。

「門打不開。」

她用肩膀推著門說。

「因爲被土壓住了，我來幫妳。」

細細的女聲在旁邊說，她推開門的手碰觸到某個人的手指，門又微微開了一些。

「快點出來！」

按照聲音的指示，她先把左腳伸出車外，但她突然想起某件事。

「啊……等一下。」

她又縮起身體，開始在駕駛座地板摸索，摸到兩個硬扁物體，右側是長長的油門，左側是寬版的煞車踏板，她伸長右手摸索踏板下方，能摸到腳踏墊和黏在上面的泥土，但沒找到要找的東西。

「妳在幹麼？快點出來！」

細細的女聲焦急道。

「等一下……」

她又伸長手在駕駛座地板摸索，摸到的細長鐵條應該是用來控制駕駛座前後位置的把手，她再往下摸，依然只能摸到腳踏墊、泥土和灰塵。

她能感覺到伸到車外的左腳在緩緩上移，同時車門微開的縫隙也漸漸變小，壓迫伸出車外的半條左腿。

細細的女聲又喊著。

「李老師快點！不知道妳在找什麼，總之先出來吧！」

「啊，可是……」

她猶豫了。

「妳在找什麼？」

細細的女聲問，她的回答有點模糊。

「很重要的東西……」

她的右手摸著左手，無名指空空如也，她找完駕駛座，開始摸索副駕駛座。

「是什麼重要的東西？」

細細的女聲又問。

她將左手伸到車外，抓住車身撐住身體，把右臂伸到副駕駛座下。

「戒指。」

她先摸到手煞車和排檔，又伸長手臂，但副駕那邊什麼都沒有，可能是因爲姿勢太怪異，她甚至摸不到副駕駛座的地板。

剛剛的手指又再次觸碰她的左手。

「妳是在找這個嗎？」

左手感受到一個圓圓硬硬的小物，某人的手指將那個物體塞進她的左手無名指。

她坐直身體摸摸左手，雖然無法用眼睛確認，但那個光滑的觸感與夾在指間有些不便的厚度，她非常熟悉。

「是這個吧？」

細細的女聲問。

「對，但怎麼會……？」

細細的女聲催促著。

「找到就行了吧？快點出來，很危險。」

她用右手推開快關上的車門，左半身離開車子。

「小心一點，地面很鬆軟。」

細細的女聲警告著，她的左腳一觸地就有被困住的感覺，她左手抓著車門，右手抓著車身，小心翼翼從車裡出來。

每走一步，腳都有陷入地裡的感覺，很難維持重心。在她重心不穩之際，手指抓住了她的左手。

「小心一點，一步步慢慢走。」

按照女聲的指示，她慢慢地一步步遠離車子。

她突然停下腳步。

「怎麼了？」

女聲問。

「妳剛剛沒聽到嗎？」

「什麼？」

女聲反問。

她豎耳傾聽。

「好像……有其他人在……」

細細的女聲也仔細聆聽，接著說。

「應該是妳聽錯了，這裡只有我們兩個人。」

她再次豎耳傾聽。

聲音非常模糊，似乎很遙遠，又好像近在眼前；聽起來像人聲，也像風聲……

聲音消失，斷斷續續的。

「感覺有人在附近啊……」

「這裡除了我們，沒有其他人了。」

細細的女聲斬釘截鐵道。

「妳聽到的也可能是動物的聲音。」

抓著她左手的手指頭用力。

「快點……逃離這裡吧！」

細細的女聲有點害怕地說。

一股恐懼沿著被手指抓住的左手竄上來掃過她的心臟。

她開始一語不發地走著。

偶爾踩到鬆軟的地面使她腳步搖晃，每當此時，握住左手的手指就會使勁抓住她，穩住她的重心。

她無從知曉目的地是哪裡，也依然不知道現在身處何處，但細細的女聲也和自己一樣被不安感包圍，她依賴著那緊緊握住她左手的手指，也因此她才能相信著女聲和手指，在漆黑之中一步步踩著鬆軟地面，朝著未知的前方走下去。

「哈，好了。」

女聲鬆口氣。

「從這裡開始地就是硬的了。」

同時，她的左腳踩到堅硬的地面，右腳也是。

「這樣就比較好走了。」

女聲開心道。

「要不要休息一下？」

她提議。在伸手不見五指的黑暗中，踩著不小心就會身陷其中的泥濘，漫無目的地走了不知道多久，讓她身心俱疲。

她就地而坐，細細的女聲坐在她身邊，雖然看不見對方，但能感受到對方的動靜。

「那個戒指是很重要的東西嗎？」

細細的女聲小心翼翼詢問。

她摸著戴在左手無名指上堅硬且圓滑的物體。

「嗯……對。」

細細的女聲依然小心地問。

「這麼重要嗎？」

「嗯……那個……」

她繼續撫摸左手無名指。

又大又暖的手，被那雙手握著的記憶，親切且令人開心的臉龐，好像是開心的、幸福的……好像是珍貴且重要的……

但她無論再怎麼努力回憶，記憶卻像夕陽西下的餘暉越來越模糊，就連那僅存的稀薄溫度也快要消失，腦中僅剩她睜開眼後就開始支配並包圍著自己的黑暗而已。

她沉默不語，細細的女聲立刻道歉：

「對不起，我不是刻意要追問的……」

「沒關係。」

她慌張道。

「其實是我想不起來了……腦中一片漆黑……」

「什麼！是不是受傷了？」

細細的女聲擔心地說。

「但是我沒有覺得哪裡痛耶……」

「我看看。」

她感覺到手指碰觸著自己的額頭和頭。細細的女聲問：

「會痛嗎？」

「不會。」

手指碰觸她的太陽穴。

「那這裡呢？」

「沒事……」

「怎麼辦……」

女聲輕嘆口氣。

「我們快點離開這裡，還是去趟醫院吧！」

她也摸了自己的臉和頭，沒有任何傷口，也沒摸到血，只有腦子裡一片黑暗。

「那個。」

她摸著自己的臉和頭好一陣子，問：

「請問這是哪裡？我們……怎麼會變這樣？」

「天啊！妳不記得了嗎？」

女聲嚇了一跳，令她有些喪氣地說：

「對，全部都不記得了……」

「我們參加了崔老師搬進新婚房子的喬遷聚會，回程路上出了車禍……妳不記得了嗎？」

「嗯……」

完全，不記得了。她翻攪著腦海的記憶，但依然漆黑一片。

「那個……老師。」

細細的女聲不安地問：

「那妳還記得我是誰嗎？」

她猶豫了，好想哭。

「不記得……」

「天啊，怎麼辦……」

細細的女聲聽起來更加無力且尖細了。

「我是金老師……，隔壁六年二班……眞的不記得嗎？」

「我不清楚……」

原來「老師」指的是國小老師啊，她在心中想著。細細的女聲急著接下去說。

「崔老師去年還跟我們一起帶五年級，但因爲結婚離職了啊……因爲她跟著丈夫搬到鄉下，我們受邀到她家玩才來的……妳眞的不記得了？」

「我不知道……」

「眞是糟糕。」

手指再次摸摸她的左手，像剛剛一樣用力捏著。

「我們起來吧。」

「什麼？」

她不明就裡地被拉著站起來。

細細的女聲堅決道：

「李老師的傷似乎比想像中嚴重，我們不能在這裡浪費時間，還是快點離開這裡去醫院吧。」

「好……」

「妳會累嗎？」

「嗯？啊，不會……」

「那就走吧！」

手指輕輕勾著她的左手，她也跟著開始步行。

她邊走邊問。

「那我們是怎麼發生車禍的？」

細細的女聲嘆了口氣。

「我也不知道……因爲我喝太醉了，是李老師開車的啊……」

「啊……」

她愧疚地沉默片刻後又再提問：

「那輛車是金老師妳的嗎？」

女聲沒有回答。

因爲汗顏的心情與罪惡感，她也不再發問。

在沉默中走了好一陣子，她又問：

「這裡……妳知道這是哪裡嗎？」

「嗯……」

女聲聽起來有些不耐煩，她再問：

「崔老師家在哪裡？離這裡很近嗎？」

「那個，我也不太清楚……因爲一出發我就睡著了……」

女聲的回答相當模糊。

她又想了想，再問：

「妳有帶手機嗎？」

女聲沒有回答，反問：

「手機嗎？沒有，李老師呢？」

「我也沒有……」

女聲問：

「剛剛找戒指時沒有找到嗎？」

語氣聽起來有點像在責備。她回答：

「前座什麼都沒有。後面也都沒有嗎？」

「太暗了沒看到，也可能是飛出車外了……」

女聲的語氣聽起來不太有把握。

話題再次中斷。

她們逃出車外後不知道走了多久，周圍依然一片漆黑，不見月亮與星星，要等多久才會天亮呢？她思考著。

「我們現在要去哪裡？」

她小心地問。

女聲沒有回答。

她再次詢問。

「妳知道我們要去哪裡嗎？」

女聲暫時不語，接著說：

「崔老師也眞是的。」

「什麼？」

她有些慌張。

細細的女聲自言自語道。

「結婚的時候還開心得像是擁有全世界，才一年就離婚還離開學校……」

她聽著對方說話，但對方沒有再繼續說下去。

所以她又問了。

「……妳在說什麼啊？」

細細的女聲又開始自言自語。

「老公外遇又不是她的錯，不覺得很不公平嗎？雖然爲人師表必須以身作則，但還說什麼因爲是女人才會這樣，她是離過婚的女人之類的……」

「妳在說什麼啊？……剛剛不是才說崔老師新婚嗎？」

細細的女聲微弱地笑了笑。

「是啊，結婚一年算新婚吧……」

「但妳剛說是因爲崔老師結婚，我們才來參加喬遷聚會……」

「李老師，妳的頭好像傷得不輕耶……」

細細的女聲有耐性地說：

「崔老師離婚後自己一個人跑來鄉下，我們是來她自己住的地方安慰她，兼辦喬遷聚會啊……」

片刻，細細的女聲又開始喃喃自語。

「自己住也只是天天借酒澆愁……」

她感到一陣混亂。

「可、可是……」

「妳眞的都不記得了嗎？」

女聲說，然後又喃喃道：

「怎麼辦……得快去醫院才行。」

聽到那個語氣，她又閉上嘴。

又是沉默地走了許久。

她一邊走一邊看著天空，因爲太過黑暗，她連自己抬頭看的是不是天空都不曉得。這是她這輩子第一次見到如此無邊無際的黑暗。如果是開車發生事故的話，那應該是大馬路旁邊吧，怎麼會連一盞路燈都沒有呢？

這裡究竟是哪裡，她們又是朝著哪裡前進呢？

「崔老師……也眞是可憐。」

身旁的細細女聲又開始說話，她沒有回答。

「伯母也哭得很傷心……她還這麼年輕，卻發生這麼可怕的……」

她迅速打斷對方的話：

「什麼意思？」

細細的女聲嘆了口氣。

「李老師不也看到了嗎？在喪禮上……唉，妳是不是說過妳不記得了……」

她從對方含糊不清的語氣感受到嘲弄，她也更加凶狠地反駁：

「喪禮又是什麼意思？剛不是說喬遷……」

「嘖嘖嘖……妳好像真的傷得不輕。」

細細的女聲嘖嘖道：

「不管喜歡人家再久，居然爲了一個暗戀的男人自殺……還這麼年輕，留下來的家人也太可憐了。」

「妳剛……不是說崔老師結婚了嗎？」

她壓抑著顫抖的聲音問。

「不是說她因爲丈夫外遇……離婚了嗎？」

細細的女聲又嘆了口氣。

「唉……妳在說什麼啊？妳明明都知道內情……」

「是妳剛剛說的啊，一下說崔老師的新婚房子，又說是她自己住的房子……是妳說她結婚了，然後又說她離婚了……」

「李老師別胡說八道了……妳頭很痛嗎？」

她又閉上嘴。

「不覺得崔老師很令人心寒嗎？」

女聲停頓片刻，又繼續喃喃道。

「再怎麼情人眼裡出西施，全校都知道那男人跟隔壁班導看對眼了，只有她自己到最後都不曉得……直到被那個女人搶走男人，她還辭了學校工作說要尋死，鬧了這麼大一齣……」

細細的女聲停止說話，她等了片刻。

「結果眞的死掉了啊……」

細細的女聲用不知是哭還是笑的語氣說。

那份雖然短暫但堅定的信任感被撕成兩半，像令人撕心裂肺的疼痛與恐懼在她心裡盤旋，她小心翼翼往右方閃身。細細的女聲繼續在她的左側喃喃道：

「不覺得人生在世眞的很不公平嗎？大家都一樣出生了，有人可以搶走別人的男人還結了婚，有人卻像是沒了甜味的口香糖一樣得被拋棄……」

她沒有回答，細細的女聲接著說：

「不覺得很有趣嗎？明明一起出了車禍，有人能夠大難不死，有人卻是當場死亡……」

「妳到底是誰？」

她已不打算隱藏她聲音裡的緊張。

細細的女聲不顧一切繼續說：

「不覺得很委屈嗎？活著是一個人，要是死了也還是孤單一人……」

「這是哪裡？我到底怎麼了？」

她繼續喊著，細細的女聲在左側哧哧笑著。

「人眞的很有趣呢！妳不覺得嗎？自己覺得不安，也看不清楚前方，卻隨便相信旁邊聽到的聲音……」

「妳到底是誰？」

她開始大吼。

「這裡是哪裡？妳要帶我去哪裡？」

細細的女聲依然在笑。

「只是稍微假裝關心妳而已，妳連那個聲音是什麼，要去哪都不知道就這麼百依百順……」

她忍無可忍地開始奔跑。

後方依舊傳來邊笑邊喃喃自語的細細女聲。

「妳連自己是誰，要去哪也不知道……」

她奔跑著，雖然她也不知道自己要去哪，但至少細細的女聲逐漸遠離自己就能令她安心，她漫無目的繼續奔跑著。

突然間腳下地面變得軟爛，她一個重心不穩摔倒了，好不容易才掙扎起身的瞬間，眼前出現一道亮光。已經習慣黑暗的雙眼在突然出現的光源下失去了功能，在傾瀉的光芒下，她像是凍住了。

在短短幾秒之間，一個清晰的畫面出現她的眼前——失控的車子衝出車道，駕駛座上的自己表情凍結在恐怖的瞬間。抓方向盤的鬆軟無力雙手之間，還有另一隻手的五根手指，嘲弄似的也握在方向盤上。

接著她再度被黑暗籠罩。

「……師。」

某處傳來一個細細的女聲，她睜開眼。

「……老師。」

聲音再次傳來，她試著轉頭看向聲音來源，但她的頭卻動不了。

「李老師。」

在她正想開口的剎那，突然有另一個熟悉的聲音回答了。

「什麼？」

聽見自己的聲音在回答那個細細女聲，她覺得自己全身在車底抽搐起來。但其實她的身體絲毫沒有移動半分。黏稠泥濘的泥土，應該說雖然像是泥土，但並不能確定究竟是什麼物質，以黏呼呼、頑固又充滿惡兆的意味，從她的雙腳、膝蓋、大腿，甚至是腰部，緩緩往上爬。

她又聽見遠處的對話繼續著。

「有人在嗎？請問妳是誰？我在這裡！」

「李老師，妳還好嗎？」

她用盡全身力氣，但右臂被輪胎壓著，好不容易才伸出左手抓住汽車保險桿，爲了抽出被壓在車底的身體，她把全身力氣都放在左臂上。

突然有冰冷的手指頭碰觸她的左手，她的手一縮但已太遲。冰冷的手指將她左手無名指上那個堅硬且圓滑的戒指拔起。

「不可以……」

她想大聲阻止，卻發不出聲音。

「哎呀，妳冷靜點……」

細細的女聲耳語道：

「妳傷得這麼重，不能亂動啊，李，老，師。」

細細的女聲發出譏笑，逐漸遠去。

她被壓在車下的身體感受到汽車微微的震動。

「小心一點，一步步慢慢走。」

遠處又傳來細細的女聲。

她用盡全身力氣，匯集心中所有的恐懼、憤怒及絕望，張嘴大喊。

「怎麼了？」

她聽見細細的女聲問：

「妳剛剛沒聽到嗎？」

「什麼？」

女聲反問。

她豎耳傾聽。

「好像……有其他人在……」

細細的女聲說。

「應該是妳聽錯了，這裡只有我們兩個人。」

耳邊傳來了費力在泥濘中艱難邁步的聲音，對話聲也逐漸遠離。

車子正在逐漸下沉。下沉的車輛壓住她，身體某處傳來骨頭斷裂聲。

意外的是，她竟然不覺得痛，只是感受著壓在她身上的汽車的巨大重量，逐漸把她拖往無法逃離的黑暗之中。

月經

月經：生理期，經期。

血流不止，經期已是第十二天了，一般在第三天起血量會開始減少，到第五、六天就差不多停止了，但這次已經來了兩週仍沒有結束的跡象。每到晚上血量會減少，想說終於要停了嗎？但一到早晨，又會悄悄開始流血。

到了第十五天還沒有停止，該去婦產科嗎？但婦產科並不是未婚女孩能放心前往的地方。

直到二十幾天了仍在流血時，開始有些微頭暈及疲倦的症狀，對日常生活也造成影響，於是她決定去婦產科。

醫師沒多說什麼，在她的肚皮塗滿透明濕滑的凝膠，用圓形冰冷的金屬板四處按壓，認眞看著模糊的黑白畫面喃喃自語道：

「沒什麼異狀啊……」

無論怎麼擦拭，手和上衣還是沾有凝膠。她換衣後回到診間，醫師翻開診療紀錄問。

「最近有讓妳壓力特別大的事件嗎？或是改變環境之類的？」

「我在學校寫碩士論文……但也沒有壓力大到那種程度……」

醫師瞄了她幾眼，在診療紀錄上洋洋灑灑認眞寫起來。

「如果壓力太大，賀爾蒙可能會出現異常而短暫產生這種狀況。目前超音波檢查結果是正常的，先吃避孕藥吧。吃三週停一週，維持這個週期吃兩、三個月就會恢復正常的。」

於是她開始服用避孕藥。

吃三週停一週，然後又開始吃三週的藥，就這樣吃了兩個月後，她停藥了。但在停藥兩天後開始的經期，竟然又超過十天還不停止，於是她又開始服藥，而經期又不可思議地停了。三週後雖然想停藥，但又再度發生一樣的事，最後她不得不多吃了六個月的避孕藥。

第六個月的月經很正常的在第五天就停了，她忍不住歡呼起來。

然後又過了一個月的某天早晨，她要下床時卻一陣天旋地轉而跌坐在地。一整天都在乾嘔，難以忍受的暈眩也讓她整天都無法進食，身體很慵懶，似乎還有點發燒。

她決定去綜合醫院做健康檢查，照X光，也做了血液及尿液檢查。

去看報告的那天，她的主治醫師無表情對她說：

「妳懷孕了。」

「什麼？」

「去婦產科看看吧。」

她去了位於同一棟醫院樓下的婦產科，主治醫師是一位化著大濃妝、令人難以相信她是醫師的三十多歲年輕女人。結束一連串不算愉快的檢查後，醫師用像冰塊一樣冷淡的表情宣告：

「懷孕六週了。」

她抗議：

「但我未婚，也沒有男朋友耶。」

「妳沒有性經驗嗎？最近也沒吃過藥？」

「因爲月經一直不結束，吃了很長一段時間的避孕藥……」

「吃多久？」

「六個月。」

醫師用塗著藍色眼影、眼尾黑眼線上揚的可怕銳利眼神看著她。

「避孕藥是經過醫師診斷和處方才吃的嗎？」

「醫師叫我先吃兩、三個月看看，但避孕藥不用處方也買得到啊……」

她莫名畏縮。

「醫師只叫妳吃兩、三個月的話，就應該吃兩、三個月停藥啦！」

「因爲月經還是沒停……」

醫師輕啓紅唇，嘆了一口夾雜煩躁感的氣。

「在身體不正常的狀況下吃那麼久的避孕藥，有可能因爲副作用而懷孕。」

「什麼？可是……避孕藥不就是爲了防止懷孕才吃的嗎？」

她微弱的反擊，但醫師又用那雙藍藍黑黑的眼眸死瞪著她。

「濫用藥物導致副作用是本人造成的錯誤啊，藥不是妳想吃就能隨便吃的東西。」

「那……我該怎麼辦呢？」

醫師看著診療紀錄問。

「孩子有爸爸嗎？」

「什麼？」

「有沒有能成爲孩子爸爸的人？」

「沒有……」

醫師抬起原本看著診療紀錄的頭，又用濃妝艷抹的可怕雙眼瞪著她。

「那妳要快點找到能成爲爸爸的人了。」

「什麼意思？」

「既然有小孩，那當然要有爸爸啊。」

醫師冷淡道。

「如果沒有會怎樣？」

「就目前狀況來看，因爲不是正常懷孕，如果沒有男性伴侶，胎兒就無法好好成長及發育。妳知道雞蛋也分成受精卵和無受精卵吧？一樣的道理，胎兒若無法好好發育，懷孕過程也不會正常，最終對產婦也會形成不良影響，懂了嗎？」

醫師看著她，一臉不耐煩地說明。

「什麼樣的……不良影響？」

「根據各種狀況會有不一樣的影響，現在才懷孕六週而已，還沒法斷言。」

醫師再度嘆氣，然後瞪著她威脅道：

「總之妳快點找到孩子的爸爸吧，不然狀況眞的會變得很不好。」

家人的結論是先休學，在肚子變大之前趕快去相親，找到能成為孩子爸爸的人。於是她以生病為由繳了休學申請，暴躁的指導教授氣得跳腳，還說：「論文好不容易才上軌道，妳卻要現在休學？」雖然她覺得很可惜，但也無可奈何，同學們都很同情她，還以為她是患上不治之病，並擔心起她的健康。

休學後就沒事做了，但家人們變得相當忙碌。全家動員展開了「尋找孩子爸爸」的計畫，在媽媽主導下，也沒有花太多時間就安排了首次相親。

媒人和媽媽一離開位子讓她和相親男獨處，兩人就在咖啡杯前出現短暫且尷尬的沉默。第一次相親的她實在不曉得該和初次見面的男人說什麼，也不知道視線和手該擺在哪裡，再加上原本好轉許多的害喜症狀卻在那天早晨變得嚴重，坐在空調全開，寒風簌簌的飯店咖啡廳內，一聞到濃重咖啡味就讓她開始全身發抖且反胃。

「妳現在是讀研究所嗎？」

男人過了許久才尷尬開口。

「是……」

她冷得直打哆嗦，好不容易才用發青的嘴唇回答。

「主修什麼呢？」

「我羅斯文學。」

「很特別耶，我們國家應該沒什麼攻讀挪威文學的人吧？」

「那個……不是挪威……」

瞬間，她再也無法忍受咖啡的味道，顧不得形象立刻從位子跳起來，全速衝往廁所。她好不容易榨乾空空的腸胃才痛苦地吐出一點點胃液、咖啡和空氣，她一邊漱口及洗手，一邊祈禱著相親男已經離開了。

然而相親男卻一臉擔憂地在女廁外面探頭。

「還好嗎？」

她搖晃地走出女廁，相親男立刻上前攙扶。

「嗯……對不起。」

她因爲丟臉而脹紅了臉，不知所措地回答。相親男攙扶她回到座位，從廁所到座位的短短距離，她倚靠著相親男緩緩前進，這才意識到相親男的肩膀寬大得足以環抱住自己。她的手臂和肩膀被空調吹得冰冷，相親男的臂膀雖然硬且結實，但同時也很溫暖又柔軟。在依然頭暈眼花、雙腿發軟且丟臉得想立刻逃跑的狀態下，她居然還能意識到這些事實，這也讓她的臉有些泛紅。

「身體很不舒服嗎？要不要離開了？」

「沒關係，眞的很抱歉，可以再坐一下嗎？」

「好的。」

她癱坐在位子上，好一陣子沒有說話。相親男則是不知所措地喝著咖啡。

「妳的身體很不舒服嗎？其實可以不用勉強出來赴約的……」

「不是，是因爲我害喜太嚴重了……因爲我懷孕了。」

「啊！眞的嗎？恭喜。」

「謝謝。」

「所以是因爲咖啡味覺得不舒服嗎？我請他們收掉吧？」

相親男急忙喚了服務生過來。

「謝謝。」

雖然她依然覺得丟臉，但因爲咖啡味消失也讓她活了過來。

「應該懷孕不久吧？」

「對，才兩個月左右。」

「也還不知道是兒子或女兒吧？抱歉，我是不是問太多了？」

「沒關係，我其實也不曉得，也不想知道。」

「也是，等待過程中的期待感更有趣吧！」

相親男很穩重且親切，是意外讓人感到自在且會產生好感的男人。聊了好一陣有關孩子及懷孕的話題後，她突然問：

「請問你可以成爲我孩子的爸爸嗎？」

「孩子的爸爸？」

「對，其實我今天來相親也是爲了這件事……」

她簡單交代了因爲避孕藥而懷孕的過程及醫師的警告。

相親男認眞聆聽著。

「嗯……在這個場合不太方便立刻回答呢。」

聽完她的故事後，相親男沉思片刻後說。

「畢竟你也不曉得我還有隱情……相親歸相親，我也知道要成爲孩子爸爸並不是能輕易做出決定的事，對不起。」

「不會。」

「雖然我沒辦法馬上回答妳，但我們以後還是繼續見面，等到更了解彼此之後再決定吧？可以嗎？」

「好。」

相親男無視了不斷婉拒的她，硬是送她回家。

「我的職業是司機，可以放心搭我的車。」

相親男笑著說，在家門口下車，看著車子遠去的她，這才意識到明明聊了大半天，她卻只知道男人的職業是司機的事實。

後來雖然又去了幾場相親，但都沒有下文。好幾次的情況是，衝去廁所過了好一陣子回來後，對方已離開；或是一拋出需要孩子爸爸的話題，有些人就一臉尷尬地說要去抽菸；還有些人是聽到後，露骨地表現出不悅。她逐漸感到疲憊，沒有人比第一位相親男更合適的想法也更加堅定，但因爲對方不規律的上班時間，別說要見面了，就連想聯絡也不容易。

肚子緩緩但不停歇的逐漸脹大，一過五個月就變成難以忽視的大小。害喜症狀有段時間很嚴重，但也隨著時間流逝漸漸平息。胸部脹大、體重增加、腰也開始痛了，腳還常常水腫。不時會覺得喘不過氣、胸悶、盜汗，還頻繁地跑廁所，醫院說這些全都是正常症狀，但在懷孕六個月後卻依然沒有感受到胎動，只有非常偶爾的情況下，肚子裡會有非常微弱的動靜，卻都不是孩子身體移動或手腳碰撞子宮壁的感覺。她很擔心，但卻被濃妝艷抹的婦產科醫師狠狠責備。

「妳還沒找到孩子爸爸吧？都是這個原因造成的。」

「那個，畢竟也不好找……」

「天底下哪有什麼容易的事？妳以爲懷孕這麼簡單嗎？妳到底想怎樣啊？妳知道已經過了幾個月嗎？」

「我有在找了……」

「要成爲媽媽的人卻對自己的孩子這麼沒有責任感，到底還能怎麼辦？妳想想，現在肚子裡有生命在長大，有一個人正在形成，妳必須對那個人的人生負責，但還在胎兒發育階段就擺出這種我不管了的態度，以後孩子生下來妳打算怎麼養啊？」

「可是……」

「妳或許因爲還沒發生明顯異狀而感到安心，但再這麼放任下去，沒人知道胎兒會變成怎樣。如果想生下一個健康正常的孩子，請快點找到孩子爸爸。」

「我也想替他找個好爸爸……」

「別只會用嘴巴講！」

醫師幾乎是以五雷轟頂的力道，用那雙藍藍黑黑、銳利到會割傷人的眼神怒視著她。她畏畏縮縮地趕忙離開醫院。

肚子變大後要見人也不容易，在第三十七次相親場合上，她一入座，對方看了她的肚子一眼就直接離席，在那之後她便宣告再也不跟任何人相親。她嚷著反正她也是自己懷孕的，那就自己扶養孩子吧。然而，不曉得胎兒會變得怎麼樣的恐懼與害怕，讓她感到無能爲力。決定生下這個沒有爸爸的孩子，是不是會對孩子不好？這股罪惡感也在她心中一角悄然生長。

雖然害喜症狀已經完全消失，但貧血卻加劇了，於是每天在家舒服躺著閱讀胎教童書、聽胎教音樂、看胎教影片，攝取有豐富鐵質的食物變成她的例行功課。飲食口味沒有特別變化，也沒有突然想吃平常不愛吃的食物，每天都很緩慢但平靜地度過。家人及親戚都展現出不曾有過的百般呵護與關懷，像面對易碎貴重物一樣待她。哪怕只是隨口說說，只要是她想吃或需要的東西，都會替她備妥。除了去婦產科產檢之外，她也漸漸找回安定並爲此滿足。

某天，她一如往常地讀著胎教童書，聽胎教音樂，手機突然響起，是一封簡訊。

「請速速回電。」

畫面顯示是陌生電話號碼，她想或許是傳錯的簡訊就刪了。

過了十分鐘，手機又響了，是同一封簡訊，她又刪了。

過了十五分鐘，手機再度響起，是一樣的簡訊，但這次多了兩個驚嘆號：「緊急!!請速速回電。」

看來是某人有急事但卻打錯電話了，她回撥電話。

「喂？」

是陌生男子的聲音。

「喂，請問是你傳簡訊給我嗎？」

「請問是金英蘭小姐嗎？」

她嚇了一大跳。

「對，請問你是？」

接著出現沙沙聲。

「喂？」

「我的女人，噢！我的愛！

噢！但願她知道我愛她！

她不發一語，

但她的眼神道出一切。讓我來回答她吧！

不，我太魯莽了，她不是對我說的……」

「……喂？」

男人的聲音更加高昂了。

「兩顆天上最耀眼的星星，

因爲有事纏身，請求她的眼睛代替星空閃耀……

閃耀……」

「喂！」

男人停止閱讀。

「你到底在幹麼？」

「這是莎士比亞《羅密歐與茱麗葉》第二幕，在凱普雷家花園的場景。」

「什麼？」

「這是我的心意，在報紙上一看到妳的照片我就明白了，妳是我命中注定的女神，我的玫瑰，我炙熱的心……」

「報紙上？」

「看到妳說『我不想找平凡的結婚對象，正在尋找能成爲我孩子爸爸的人』，我就感覺到妳眞是非常女性化且擁有文學氣質的人，英蘭小姐，我們是命中注定的緣分，用對文學共同的熱情，一起體會刻骨銘心的愛與理解……」

「抱歉，你好像誤會了……」

「雖然我因爲沒什麼錢而無法親自打給妳，也知道第一次登場是用簡訊這件事非常無禮，但總有一天我會還妳電話費的，資本主義在愛情與熱情面前也無用武之地，噢我的女人，我的紅玫瑰……」

「我不是讀英美文學的。」

她掛斷電話後找了當天的報紙來看。一翻開最後一面就看到底下印著自己的照片以及醒目的一行字：

正在尋找能成爲我孩子爸爸的人

照片旁還揭露她的姓名和年紀，職業是「研究生，主攻文學」，並在聯絡方式欄鮮明印上自己的手機號碼。

晚上，家人一回家她就拿著報紙質問，家人一臉爲難，坦白是爲了尋找孩子爸爸才使出最後手段。

「想說一開始就坦白的話，或許能更快找到合適的對象……」

雖然很無言，但想起婦產科醫師的警告，她無法否定家人的做法。隔天起她就不斷接到來電，由於依然懷著一絲希望，她很有耐性地接了整天電話。

自稱「羅密歐」的那位先生在她不回電後，便開始每天打電話，專挑各種文學作品中男人向女人求愛的場面讀給她聽，並懇求她一定要和自己見一次面。此外也有很多小孩打來的惡作劇電話，還有要介紹自己哥哥、弟弟、爸爸、兒子，甚至是老公的女人們，當然也有威脅電話。

「喂？」

「啊，金英蘭小姐嗎？」

「是。」

「還記得我嗎？」

「什麼？」

「我們不是一起睡過嗎？妳不記得了？妳肚子裡的小孩是我的種啊！」

「那個，你好像打錯電話了……」

「別裝了，我們談談吧！明天中午帶一千萬韓元來ＭＭ飯店咖啡廳就好，這樣我就替妳保密。」

「喂？請問你撥的電話號碼是幾號？」

「這位小姐眞的聽不懂人話耶，明天籌錢有困難嗎？好吧，那我再多給妳幾天，一個禮拜！這星期六帶一千萬韓元來ＭＭ飯店咖啡廳，不然我就四處宣傳妳跟我睡過還懷孕了，說妳是行爲不檢點的女人，懂嗎？」

「先生！我現在需要的就是孩子的爸爸好嗎……」

「這關係到妳的未來，好好考慮一下吧！這星期六，一千萬韓元，懂了沒？」

接著掛斷電話。

她有好一段時間都持續被這類垃圾電話騷擾，終於在某一天出現了讓人很感興趣的來電。

「喂？」

「我是看了廣告打電話的，請問是金英蘭小姐嗎？」

年輕男人的語氣很鄭重。

「是。」

「您在找孩子的爸爸對吧？請問有什麼具體要求事項嗎？像是年紀之類的……」

還眞的沒想過這部分，她的回答很模糊：

「嗯……比起資格要求，只要是能對孩子好的爸爸就行了……」

「啊，是嗎？」

男人似乎是在沉思。

「那如果想成為孩子爸爸，應該怎麼報名呢？」

她覺得對方很有趣，忍不住笑出來。

「不用申請或報名，可以先自我介紹一下嗎？」

「啊，眞是抱歉。」

男人說他三十三歲，從一流大學畢業後，目前在某大公司上班。對於不曾體驗過職場生活的她而言，雖然不太了解，但聽起來對方似乎位居比實際年紀和資歷高上許多的要職，光聽對方說話就覺得是個不簡單的人物，但也不曉得這些會不會全是謊話，她無法放下這段時間接了太多騷擾電話而產生的猜疑，但總之她對這個男人是滿意的。與其他來電的人不同，她很滿意這個人如此仔細詢問要成爲孩子爸爸的具體條件。在長長的通話結束後，他們約好週末在MM飯店咖啡廳見面。

約定之日，她穿上她所有孕婦裝中看起來最正式的那件，認眞化妝後，抱著撲通的心與大肚子前往MM飯店咖啡廳。

在咖啡廳門口張望片刻，一名年輕男人走近。

「請問是金英蘭小姐嗎？」

「是。」

之前通話的就是這個聲音，是位長相俊美的男子。她跟著男人入座，有位老爺爺坐在位子上，身後站著兩位穿黑西裝、戴墨鏡的男人。

「這位是我的岳父。」

男人介紹了老爺爺的身分。

「什麼？」

她有點不知所措。

「接下來就請兩位談了。」

「那個，我……」

男人邁開大步走了。

老爺爺開口。

「先請坐吧。」

老爺爺身後其中一位墨鏡男替她拉開椅子，她糊里糊塗照著指示坐下。

「我就單刀直入地說了，我是友昌集團會長徐友昌。」

她嚇了一大跳。

「剛剛離開的那位是我女婿，我是八代獨子，年過五十也沒有孩子，後來才好不容易有了女兒，把獨生女捧在手心好好養大，卻被那種像流氓的傢伙給搶走了。我想說好吧，就算是外孫也好，只要是兒子就當成是內孫好好栽培，再將公司傳給他，但我女兒結婚六年了依然沒有孩子，結果就只有這麼一個該死的女婿，弄個不好，我一生的心血都要被他搶走。」

老爺爺邊說邊激動起來，但她越聽越不能理解。

「所以說，孩子。」

老爺爺突然把椅子往前拉，緊靠在她身旁並拉著她的手。

「把妳肚裡的那個孩子讓給我吧。不是說現在只需要種子嗎？我把我的精子給妳，不對，妳乾脆做我的小老婆吧？只要幫我們家傳宗接代，生個白胖胖的兒子就好，我會讓妳這輩子都過得豐衣足食的。」

「等一下，老爺爺……」

「聽我女婿說，妳不是說年齡不是問題嗎？雖然我已經八十二歲了，但別看我這樣，我還是跟年輕人一樣很強壯，我也會把妳正式報上戶口的，好嗎？」

「老爺爺，那個……」

她試圖抽出被緊緊握住的手，正在尋覓脫身藉口時電話響了。她在心裡鬆了口氣，趕忙抽出被老爺爺握著的手，接起電話。

「喂？」

對方沒說半句話就直接掛斷了，老爺爺再次緊握她的手。

「如何，孩子？只要幫我生個兒子就能成爲財閥家的夫人享福一輩子，這是一生難得的機會。」

「金英蘭小姐？」

她抬起頭，旁邊站著一個凶狠的中年男人，手裡拿著手機。

「妳知道我是誰吧？帶一千萬韓元來了沒？」

「您哪位？」

老爺爺看著這個突然闖入的搗亂分子，皺眉問。

「我？」

男人從胸前口袋掏出香菸，點火後將一口菸吐在老爺爺臉上，站在老爺爺身後的黑墨鏡男上前一步，老爺爺舉起手，墨鏡男人一起停下腳步。

中年男人悠哉地拿著香菸說：

「我是這位金英蘭的戀人，她肚子裡的孩子是我的種。」

「什麼？」

「你是金英蘭的爸爸嗎？還是你想跟年輕女子援交？哇，我這下可真是釣到大魚了！」

中年男人笑嘻嘻地說，接著突然將臉湊向老爺爺，用低沉的嗓音威脅道：

「雖然不曉得她是你的寶貝女兒還是小老婆，總之你若是不希望我跟全世界說她肚裡的小孩是我的種，就趕快給我五千萬韓元吧。」

「這個臭傢伙又在說什麼東西？」

老爺爺怒斥，後方兩位墨鏡男再次上前。

中年男人氣勢也不輸人。

「你說我是臭傢伙？你以前看過我嗎？憑什麼這樣講我？最好趁我還能好好說的時候快點給錢吧，這樣我就會乖乖閉嘴離開。」

老爺爺的臉色非常難看，來回看向她和中年男人，氣得用拐杖用力捶地，站了起來，後方的墨鏡男立刻上前攙扶老爺爺。

「你想逃去哪？」

中年男人抓住老爺爺的衣領。

「不想聽人話，那就……啊！」

其中一位攙扶老爺爺的墨鏡男像閃電一樣攻擊中年男人的腹部，中年男人縮起身子倒地，他們即刻離開。

「這些混蛋竟敢隨便打人！」

中年男人站起來撲上去。老爺爺、中年男和一位墨鏡男扭打成一團，剩下的那位墨鏡男急忙扶起老爺爺。倒地的墨鏡男也立刻起身開始爆打中年男。其他客人開始尖叫，飯店職員也急忙打電話，她避開正在扭打的人們悄悄離開了咖啡廳。

走向公車站牌的她，心情比山還沉重，一方面對自己感到心寒，一方面因爲這整件事的發展，覺得既好氣又好笑。

公車到站，她好不容易穩住一直往前的身體重心，緩緩走上陡峭的階梯，公車司機一臉不耐煩地看著她，等她一爬完樓梯就立刻關上門出發。她差點跌倒，好不容易才抓住電子票證刷卡機撐住身體。

雖然公車內沒有太多乘客，但也沒有空位。由於她要搭比較多站，便想走到公車後頭，但她沉重的身軀難以在搖晃的車內移動，只能尷尬地抓著司機後方的欄杆站著。

「孩子，妳坐這裡吧！」

坐在位子上的一位中年婦人站起來說：

「沒關係，謝謝您！」

「什麼沒關係！」

中年婦人溫和笑著唸了她。

「肚子這麼大還站在搖晃的公車裡，我光看都覺得擔心了，快來坐。」

「謝謝。」

她露出抱歉的笑容，在中年婦人的幫助下小心翼翼坐下。當她一坐定，婦人仔細端詳她的臉，突然詢問：

「妳是報紙上那個人吧？」

「什麼？」

意外的提問讓她整顆心沉了下來。

「那個，就……妳是登廣告要找孩子爸爸的人，對吧？」

「……」

剛剛咖啡廳的遭遇讓她餘悸猶存，現在又聽到廣告的事，她突然好想大哭一場，百般後悔爲什麼當初沒去撤下那則廣告。

「孩子的爸把妳肚子搞大卻跑了，對吧？」

中年婦人提出她個人的推論。

「妳肯定很辛苦，那人怎麼會放著這麼漂亮年輕的女孩子逃跑呢！」

中年婦人彷彿自己是娘家媽媽一樣拍拍她的肩。雖然覺得無言，但另一方面又感受到中年婦人溫暖的手撫慰了她受傷的心。

「人生就是這樣，但妳還是要加油喔！想想肚子裡的孩子，要爲了好好看著孩子長大而努力活著。雖然一個女孩子要帶孩子並不容易，但也要咬牙撐住，堅持下去，孩子很快就會長大了，就這樣養著孩子會覺得歲月無常……」

中年婦人看著遠方，靜靜地喃喃自語。

公車緊急煞車，中年婦人突然回過神。

中年婦人急忙按下車鈴，張望著窗外。

「啊！這是哪一站？」

「孩子，妳要下定決心，加油喔。等待著孩子的爸，他總有一天會回來的。」

中年婦人拋下這句話便在下一站下車了。

她下了公車後陷入沉思，緩緩地走回家。到家第一件事就是打電話給報社，請他們明天不要再刊登廣告，然後關掉手機，拔掉電池後丟進抽屜深處。

即使更接近預產期，肚裡的胎兒依然只有偶爾的抖動或不明顯的蠕動，還是沒有腳踢或在肚裡跳動玩耍的感覺。她摸摸自己的肚子，貧血日趨嚴重，胎兒的動靜只能透過超音波掌握，雖然肚子感受不到胎動，但除此之外也沒有特別不舒服的地方，醫師除了要她快點找到孩子爸爸外，也沒提到其他異常狀況。肚子一天天變大，現在看起來就像其他即將臨盆的孕婦，肚皮脹得令人光是看著都覺得鬱悶。但是「孩子無法好好發育」到底是什麼意思呢？她想起婦產科醫師那個濃妝又冰冷的眼神。如果是爲了胎兒發育才這麼需要孩子的爸，那在沒有爸爸的狀態下，胎兒還能發育成這樣又該如何解釋？醫師的囑咐，不，會不會是她太害怕肚子裡的孩子變成怪物，才過度相信一個印象不好的陌生年輕女子的話？會不會是她用「爲了孩子好」的名義，過於熱衷尋找孩子的爸爸，因此沒能用心照顧眞正重要的孩子呢？不論發育狀況如何，不論有沒有爸爸，這孩子都是她的孩子，實際上也「只」是她的孩子。

「要爲了好好看著孩子長大而努力活著。」

她想起公車上中年婦女的話，她突然覺得這句話聽起來非常帥氣。「咬牙撐住，堅持下去，看著孩子長大而努力活著。」只看著孩子啊……雖然她內心的擔憂與不安不會因爲這句話就被沖掉，但依然讓她獲得了短暫的平靜。

很久沒有這麼飢餓了，爲了肚裡的孩子她也想吃點好吃的，於是她充滿活力地起身。

再次睜開眼睛時，她躺在地上。

「我怎麼會躺在這？」

她費力坐起身，花了點時間恢復精神。

「原來是因爲貧血，要站起來結果昏倒了。」

她摸摸後腦杓，腫了一顆大包，她有點擔心。

突然雙腿之間有股暖流。

「是昏倒了結果尿失禁嗎？好丟臉，得在家人回來之前整理乾淨。」

她這次小心翼翼地起身，緩緩踏入廚房，拿了抹布緩緩擦地，在擦地過程中雙腿依然有溫暖的水不斷流出，但擦了地才發現抹布上沾了紅紅的東西。

她去了廁所，內褲也被染紅了，從氣味研判那股暖流並不是尿。

「不會吧……」

她翻開從婦產科拿回來的媽媽手冊，在「出現下列症狀時請立即致電醫院」的標題下，有一條：「持續流出透明的水（羊水破了）。」

她突然感到肚子劇痛，疼痛感如潮水排山倒海而來，又如同退潮般瞬間散去。

她用顫抖的手按下婦產科電話，昏倒時撞到地板的頭也開始發疼了。

接電話的是一位年輕女子。聽她說到因貧血而昏倒，清醒後發現羊水破了，還有出血及腹痛症狀，年輕護理師嚇到不知所措。

「我現在一個人在家該怎麼辦？剛剛撞到地上，頭也越來越痛了……」

「我現在請救護車過去！很快會到！不要亂跑，請在家裡等待！」

護理師急忙確認姓名、地址和電話後再次叮囑：

「待在家就好！救護車很快就到了！」

救護車真的很快就到了，聽到門鈴響起開門後，一群健壯的男人衝進來將她放在擔架上，並如閃電般把她送上救護車。在救護車後門等待的男人幫忙將擔架推上車，她認出那是她第一次相親的對象。

「喔，你是……」

和她眼神交會時相親男也瞪大了眼，他一度猶豫是否要搭話，但救護人員迅速將擔架推進車內，相親男關上後門，急忙跳上駕駛座驅車前往醫院。

前往醫院的路就像場噩夢，搖晃的車與刺耳的警笛聲，以及救護人員不停測量、壓她、揉她、替她打針並詢問問題，手臂上插著點滴針頭，血壓計加壓著，冰冷的聽診器也在肚子上來回移動。撞到地板的頭現在頭痛欲裂，還引發嚴重的嘔吐症狀，然而腹部陣痛卻不再持續了。

即使沒有陣痛，胎兒漸漸開始在肚子激烈活動著，大概是要彌補這段時間不曾有過胎動吧，胎兒就像要撐破肚子出來一樣，用盡全力在裡面掙扎。每當孩子撞擊肚子及碰撞子宮壁時，她彷彿聽見孩子吶喊著：「我想要出生！我想要活下來！幫我找爸爸！」

救護人員持續詢問有無陣痛、陣痛間隔幾分鐘等問題，但她每次都只能回答沒有陣痛。擔心那個在腹中用力踢著的胎兒有可能畸形的不安感逐漸擴大，形成一朵無邊無際的烏雲包覆著她。她抓著救護人員哀求對方成為她孩子的爸爸，但一股波濤般的陣痛再次席捲全身，她抱著肚子斜躺著呻吟。

突然，車子停下來了，司機正在神經兮兮地猛按喇叭。

她開始放聲呼喚司機，並從擔架坐起來爬到司機隔壁，哀求著第一位與她相親的男子。

「現在也還來得及，拜託成爲我孩子的爸爸吧！孩子已經快出生了，拜託你救救我們，現在也好……」

駕駛正把頭伸向車外，猛按喇叭對外頭怒罵。

「快讓開！你聾了嗎！這是救護車！車上有位腦震盪的孕婦！還不快閃開！」

救護人員將她拖回後座並讓她躺下，車子再度出發，違反紅綠燈指示、跨過車道中線，不斷超車高速狂奔。到了醫院，她被推下車，第一位相親男很無奈地透過後照鏡看著緊急被送往急診室的她，又再次發動救護車。在急診室確認了昏倒時遭撞擊的頭部除了輕微腦震盪外，並無其他異常，於是她又被送往待產室。

待產室有許多像她一樣大肚子的產婦，有些抓著老公哭喊著快痛死了，有些若無其事在病房內穿梭，有些在哭，還有些在和護理師交談。胎兒就快從肚子裡跳出來了，她的身體配合著節奏緩緩打開，陣痛如潮起起落落，頭部劇烈疼痛得像是有顆心臟在腦中跳動。護理師雖然要她多走路讓孩子早點出來，但因爲劇烈頭痛讓她連撐起上半身都沒辦法。她躺在床上，靜靜盯著被白色日光燈照亮的天花板，直到眼睛發疼。她的頭隨著心跳節奏而陣陣發痛，看著天花板，跟著那個撲通撲通的節奏，彷彿頭慢慢從身體分離，飄浮在雪白的天花板上。當陣痛席捲全身時，飄浮的頭又會被拉回床上。在陣痛與頭痛交錯之中，她看著雪白天花板，心情變得平靜，又有些微妙，而且毫無感覺了。

陣痛間隔變短，痛楚變得又長又強且難以忍受。護理師內診後說該進產房了。她乘著陣痛的波浪，飄浮在雪白的天花板上，又在陣痛的浪潮中沉沒。她抱著大肚子走進產房並上了分娩台，遵照聽起來模糊且不現實的醫師口令。

一次、再一次、再來……

撲通，突然有個東西從雙腿間掉落，與其說是掉落，更接近的感覺應該是滑落。

她的肚子瞬間變得舒爽。

她躺在床上等了許久，等著聽孩子的哭聲。

但周遭非常安靜。

醫師和護理師都沒有動作，沒有任何人開口。

「怎麼了嗎？」

她好不容易才張口問。

「死了嗎？」

沒有任何回答。

「孩子死了嗎？」

突然襲來的恐懼與絕望感穿透那股雪白的無感，淹沒了她。她四處張望並掙扎著要撐起身體，一位護理師小心翼翼地從醫師手上接過孩子遞給她。

「孩子」是一團有點腥味且巨大的黑紅血球。

「這是什麼？」

她用一條手臂撐著上半身，盡可能坐起身抱著「孩子」，並看向醫師及護理師用眼神詢問。她抱著且觸碰到胸口的血球暖暖的。

「這是什麼啊？」

「孩子啊。」

醫師很衝地回答，雖然口罩遮住了半張臉，但她依然能認出那個藍藍的眼影及黑黑的眼線。

「這……這是孩子？」

「所以我不是叫妳快點找到孩子爸爸嗎？沒有男性配偶就這樣放任孩子長大才會變成這樣。」

醫師用銳利的眼神瞪著她，冰冷的語氣彷彿在說這一切都是她的錯。

那團血球開始蠕動。

她嚇了一跳。

「孩子在找媽媽了。」

剛剛抱著「孩子」的護理師在旁邊溫柔地說。

「他正在看媽媽，媽媽也看看他吧！」

她也能感受到血球正在看著自己，但她實在看不出這團血球的眼睛在哪，別說眼睛了，就連哪裡是頭，從哪裡開始是身體都無法得知。她慌張地端詳著那團血球。

蠕動著的「孩子」突然開始顫抖，那顆黑紅色血球突然閃過一絲閃閃發亮的光澤，就像顆血紅寶石一樣。

下一秒，「孩子」就瓦解成爲血液。

她的手臂和胸口被血液浸濕，手臂仍舊維持著環抱孩子的姿勢，她呆呆地看著滿是血跡的病人服前襟與堆積在分娩台邊緣的血塊。

產房的門悄悄打開，她的第一位相親男，救護車司機猶豫地走進來。

「你不能隨便進來這裡。」

一位護理師對相親男說。

「啊，我是監護人……嗯，還不是監護人，但是……」

相親男躊躇地看著她說：

「我還來得及成爲妳的監護人嗎？我的意思是說，現在還能不能成爲孩子的爸爸……」

相親男看到滿身是血的她與產房內非常不自在的氣氛，停止說話。

「我，該不會……？」

她緩緩地、像機器人一樣轉頭，用無神的雙眼看著相親男慌張的臉，接著再次緩緩轉頭看著那些流往地上，曾經是她孩子的血塊好久好久。

突然，她用沾滿鮮血的雙手摀著臉開始哭泣，一開始是細細的聲音，後來則是傷心欲絕地痛哭失聲，然而她自己也搞不清楚，這到底是安心的眼淚，還是失去孩子的痛楚，又或者是爲了其他原因而掉淚。

再見了，我的愛

1

S12878號一接上電源就笑盈盈地看著我，是這次新增的功能，雖然只是細微的改變但仍精緻呈現。未來推出的型號將會隨機種不同，增加害羞微笑、掃視後又盯著看，或是大膽地笑著伸手等行爲模組，也很適合用來模擬「個性」，我把這些事項簡單輸入在「備註」欄。

現在該來測試互動功能了，首先是「初次見面」：

「嗨！」

我說。

「您好！」

S12878號回應了我。我問：

「你叫什麼名字？」

「我叫山姆。」

初始啓動時，它會說出公司隨機賦予的基本名，S12000系列型號全都叫做山姆，也就代表這部分是正常啓動的狀態。我在「互動一」的欄位標示「正常」，接著伸出左手輕輕握住Ｓ１２８７８號的右手，我的大拇指壓著Ｓ１２８７８號的大拇指。

「你以後就叫賽斯了。」

Ｓ１２８７８號微微低頭，因爲沒有立刻回答讓我有點擔心。

「你叫什麼名字？」

「鬆開手指才能完成儲存。」

Ｓ１２８７８號垂著頭說，我立刻鬆開手。

Ｓ１２８７８號抬起頭，就像剛接上電源時一樣笑盈盈地看著我。

「我叫賽斯，很高興見到您。」

如此一來，第一階段的個人化也通過了。我在「互動二：姓名」欄位標示「正常」，接著問：

「賽斯，你會講幾國語言呢？」

「我會使用兩百九十七種語言對話。」

賽斯回答，我拿出手機播放事先錄音的檔案。

「Ладно, сейчас давайте поговорим по-русски.」（好，那現在用俄語對話吧！）

「Хорошо, давайте.」（好的。）

「Как тебя зовут?」（你叫什麼名字？）

「Меня зовут Сет.」（我叫賽斯。）

賽斯能流暢自然地回答所有基本問題，我接著播放下個錄音檔。

「Să vorbesc româneşte acum.」（我現在開始講羅馬尼亞語。）

「Bine, hai.」（好的。）

「Cum te simți azi?」（你今天過得好嗎？）

「Sunt bine. Mersi.」（我很好，謝謝。）

我收起手機，再次用設爲基本語言的母語詢問：

「現在幾點？」

「十二點二十六分。」

我在「互動三：語言」欄標示「正常」，接著對賽斯說：

「來吧，跟你介紹我的朋友。」

賽斯笑瞇瞇地跟著我走進房間。

2

我以前看過跟「人造人」相關的電視劇。劇中的主角群裡面有一位年邁的工程博士，他在長期相伴、共享許多快樂珍貴時光的人造人壽命已盡且故障後，仍捨不得丟棄。政府雖以「人身安全」爲理由強迫博士丟掉那個人造人，並換發新型號給他，但博士還是難以拋下日久生情的人造人，最後選擇了躲避監視，並把人造人藏了起來。

我把賽斯介紹給D0068號。

「賽斯，這是德瑞克。德瑞克，這位是賽斯，打個招呼吧。」

S12878號和D0068號面向彼此，互相抵著額頭，順著臉部血管（雖然其實是主機板、迴路和電線），S型號發出藍光，D型號閃著綠光。這畫面很美，情境卻很詭異，以致我每次都看得目不轉睛，大感驚奇。

新機型的處理速度果然快，賽斯沒多久就移開額頭並轉頭看我。

「同步完畢。」

然後賽斯再次笑開來。

不知爲何，那笑容讓我起雞皮疙瘩。我在「同步化」及「相容性」都標示「正常」，並在備註欄寫下意見：希望能刪除同步化完成後露出微笑的功能。機器人做出人類不做或沒必要做的行爲之後，露出像人一樣的笑容，看了讓人心情不好。或許「恐怖谷理論」*不僅適用於機器人的外貌，也適用於行爲。

在這部分D0068號就顯得正常許多，德瑞克幾乎不會笑，雖然也可能是因爲我跟它相處時間長，比較習慣它了；但也可能是D0068號已掌握我的偏好，知道比起無意義的笑容，我更喜歡面無表情或安靜。

同步完成後的D0068號也看了我一眼，見我不發一語便逕自前往客廳了。現在賽斯也掌握了德瑞克在過去兩個半月期間與我生活相關的所有細節。我的日常起居、飲食喜好、家裡物品擺放位置、親友聯絡方式，甚至是如何根據衣服或布料不同，妥善洗衣的方法。因爲兩邊都連上了網路，以後發生的任何事與接收到的所有資訊，德瑞克和賽斯都能即時同步，換句話說，也可以稱它們是共用同一顆電子大腦的兩個身體。

*機器人學的理論，形容人類看到機器人與他們相似到特定程度時，會出現排斥反應。

接著就剩下最後一項測試了。

3

我打開衣櫃門並開燈。

「一號」在接上電源後到開機完畢非常耗時，感覺每次啓動都越來越慢了。儲存容量與處理速度都到了極限，零件也隨著時間越來越老舊，用最近標準來看，本來就不怎麼快的一號變得越來越慢，也不全然是心理作用而已。

我安靜等著一號抬起頭，等他目光對焦看我。

一號顧名思義就是一號，是我在剛開發「人工智慧伴侶」並進行實驗時，負責的第一個機器。當然它眞正的名稱也不叫一號，它有另外的型號名，有公司隨機賦予的基本名，也有我在實驗過程中替它取的名字，但我早已忘光，那些也都已經不重要了，畢竟對我而言，它是我的第一，一號就只是一號。

要是無法開機怎麼辦……

每當看著接上電源後仍低著頭的一號，我總會如此不安地想。

一開始帶一號回來剛開啓電源時，我也是這麼焦慮。這是我首度開發的人工智慧伴侶，要是根本無法開機該怎麼辦？是不是加了太多功能？要是當機怎麼辦？它要是聽不懂自己的名字怎麼辦？在等待一號抬起頭看向我的短暫時間裡，我腦中飄過這堆沒用的憂心。

接著一號抬起頭看我，當時還沒有第一次看到主人會露出笑容的功能。

但我在第一次看到一號的綠色瞳孔時，就戀愛了。

它是我的創造物，是我製作的伴侶，從頭到腳都是爲我而生，不管用哪種說法，它都是完全屬於「我的」。

在三個月測試期結束後我買下了它。公司的經營方針是，不僅允許員工購買，還會積極鼓勵購買，甚至能用員工價七折購入。後來我換了兩家公司吧？也帶了許多不同公司誕生的人工智慧伴侶回家，共度短則三天，長則三個月的時光。隨著人工智慧伴侶技術的發展，款式也變得更多元，不再僅限於外型像二十幾歲的年輕人型號，還推出青少年、中年男女以及老年人型號。（雖然也有兒童型號，但那需要獲得特別批准才能帶回家，更重要的是，那並非我負責的領域。）後續的新款機型，不論是哪個年齡層或型號都更有魅力、更漂亮，也更親切和藹、精緻，甚至更像人類。還能在與主人的互動下，持續「學習吸收」與主人相關的各樣資訊，並以這些資訊爲基礎，進行「思考」及「理解」。所以和人工智慧伴侶相處的時間越長，它們就越能「長成」最爲適合主人喜好及個性的伴侶。

因此，我認爲開發人工智慧伴侶及進行實驗，是件非常享受且有意義的事。每次進行新品實驗時，看到技術的革新及細節執行到位的精緻度，都令我備感震撼。人工智慧伴侶有時候比眞正的人類更細膩、更有同理心及耐性。本來智能伴侶的開發是爲了在急速高齡化的國家中，輔助老人生活起居及安撫情緒而做，但上述種種特性，智能伴侶無論在哪個年齡層或客群都非常受歡迎。坊間還流傳著某些像是玩笑的傳聞，好比「這是開發公司爲了降低出生率、加速高齡化，以便多賣點機器人的陰謀」之類的。

但無論帶了多少功能更好的新型號伴侶回家，對我而言最珍貴的依然是一號。後續型號不管再怎麼精緻或細膩，就只是需要檢查的產品，只是我的工作之一。

但一號不同，它是我的初戀。對我而言它不是「人工智慧伴侶」，而是眞正的伴侶。即使過了平均使用年限，我仍然捨不得丟掉一號。起先是機型老舊，每次網路連線都會花太久時間；後來韌體更新也中斷服務；再之後甚至因爲太常故障，乾脆放棄連上網路。到最後，一號變得名不符實，功能比智慧書桌或智慧冰箱還差，但對我而言，一號依然是一號。

又過了一陣子之後，一號的內部電源壽命已盡，每次開機只能撐個十到十五分鐘，接著就開始動作變慢，說話也語無倫次。某一次，一號走到一半突然停止動作，接著應聲摔倒並折斷手，那天開始我就把它放進衣櫃並關掉電源。

就這樣，一號不再是伴侶，而是我衣櫃裡的娃娃，但我依然沒辦法丟掉它。一號就是一號，如果繼續幫它接通電源也還是能開機的，雖然需要無止盡的等待，但若能再見到那雙綠色瞳孔帶著笑意看我的模樣，這點程度的麻煩可以忍受。

我帶新型號回家時，偶爾會試圖替一號接上電源，並讓它們同步化或更新。雖然更常發生的狀況是出現錯誤而急忙關掉一號，但我還是無法放棄。

當我等待一號開機時，賽斯會在我身旁靜靜等待，不笑，也不多說廢話。

所以這次我有很好的預感。

4

看著賽斯和一號抵著額頭，我心裡七上八下的。

一號不能永遠放在衣櫃裡，如果有機會我也想和一號生活一輩子，但遲早有一天一號會再也無法開機。雖然壞掉的機器不至於無法復原記憶體，但畢竟是很老舊的機型了，趁著還能開機時趕快把它腦中儲存的記憶移到其他機器更安全。但截至目前，一號都會在複製和傳送結束前出現錯誤而關機，每次想把記憶移出來都會失敗。

一秒，又一秒，當賽斯和一號抵著額頭的時間拉長，我也越來越不安，萬一一號又關機的話……

……正當我這麼想的同時，賽斯移開了額頭。

然後一號也幾乎在當下自動關機了。

「同步完成。」

賽斯看著我說，接著露出笑容。

那個笑容與第一次看到的笑容有些許不同，雖然講不出哪裡有差異，但是，確實有所不同。

只是看到這個笑容，我不會覺得心情不好。

5

我試著重新啓動一號，但卻怎麼也打不開。我試過長按電源鍵，也試過取出電池再裝回去，還換上備用電池，卻依然無法打開一號。我把裝著備用電池的一號放回原本的位置，確認正在充電後便關上衣櫃的門。

一小時後我再次打開衣櫃，電池只充了百分之十，一號依然無法開機。

我把一號抱出衣櫃。它的身高比我還高，身材與一般成年男人相仿，我費盡吃奶的力氣好不容易才把它拉出衣櫃，雖然賽斯和德瑞克都跑來問我需不需要幫忙，但我說我想自己一個人待著，就把它們趕出去了。

我抱著還在充電卻打不開的一號，自己一個人在衣櫃旁的走廊坐了好久。雖然又等了一個多小時，電量只停在百分之十五就不再增加了。無論怎麼按電源鍵，一號也不睜開眼。

我把臉埋入一號柔軟的褐髮。或許在衣櫃裡待太久了，髮絲間有灰塵和衣物柔軟精的味道。

我好想哭，但要是哭了就會沾濕一號的頭，可能會害它完全壞掉，所以我不能哭。

6

站在時間的江邊
爲你吟唱銀色的歌曲
再見，我的愛
再見，我的愛……

我去冰箱拿水時嚇了一大跳，站在料理台前的賽斯正切著青椒哼著歌。

你沿著銀色江水流動

我要朝著消逝的過往走去
我的心臟與你一起進入江水中
所以再見了，我的愛
再見，我的愛……

「你是怎麼知道這首歌的？」

我大聲地用有點過於高昂的聲調問。

賽斯若無其事地回答：

「這是同步的資料，這首歌被存為最喜歡的歌曲。」

我的緊張感瞬間消退。就是啊，剛才不是已經同步完畢了，這是理所當然的嘛。

賽斯禮貌性地等了一下，看著我只是靜靜地喝水，沒打算再說話的樣子，它就轉過身開始切蘑菇。

在遙遠的未來，時間的地平線上
擦乾你銀色的淚光

我也不自覺地哼起歌來。

還能再次唱起這首歌嗎
再見，我的愛
再見，我的愛……

賽斯將切好的蘑菇裝進碗裡，洗了手。它走向我，突然拿走我手中的水杯，放進水槽。然後，它伸出一隻手牽起我，另一隻手環上我的腰。

站在時間的江邊
爲你吟唱銀色的歌曲……

哼著沒有歌詞的音調，賽斯帶著我轉圈，並開始輕柔地跳起舞，繞著餐桌旋轉。

再見，我的愛
再見，我的愛……

賽斯環著我跳舞，繞過餐桌，踏進客廳。

你沿著銀色江水流動
我的心臟與你一起進入江水中……

站在客廳中央，賽斯依然哼著沒有歌詞的曲調，摟著我緩緩搖擺身軀。

擦乾你銀色的淚光
還能再次唱起這首歌嗎……

我被不屬於我，而是從公司帶回來進行實驗的最新人工智慧伴侶緊摟，我靠著它堅實的胸膛，無聲地跟著它的低沉嗓音哼著沒有歌詞的曲調。

再見，我的愛
再見，我的愛……

7

晚餐是青椒、蘑菇炒肉末拌義大利麵，迅速簡單就完成。與其說是道料理，不如說是粗略調理後就能解決一餐的裹腹食物，我每當忙碌時就會做這道餐點。賽斯沒有獲得任何指令，也沒跟我討論或詢問過我，就自己煮了這道餐點。大概是我以前太常做的關係，以致一號在腦海中把這道隨便做的義大利麵標記成我喜歡吃的食物了。

吃飽後我又來到充電中的一號所在的衣櫃前，明明接通了電源，不知爲何電量竟然掉到百分之十二了，而且一號的手掌也沒有亮起顯示正在充電的綠燈，反倒出現電池快要沒電的黃色警示燈，這表示內部電池及備用電池都再也充不了電了。

我明知不可能啓動，卻還是按下電源鍵。

沒想到一號睜開眼睛，用綠色的瞳孔看著我。

我嚇了一大跳，試著叫它，跟它說話，但就在我要開口的瞬間，在我正想說些什麼之前，一號閉上了眼。

然後再也不動了。

我抱著一號，撫摸著有股灰塵味的柔軟褐髮。

「再見了，我的愛……」

我吻了它的褐色髮絲與不再運作的眼皮，以及依然甜蜜的嘴唇。

「再見了，我的愛……」

一號蒼白的皮膚被我的眼淚浸濕。

8

我躺在床上，久久無法入眠。

那首歌是很久以前看過的某部電影的插曲。男女主角陷入愛河時播了這首歌，在悲劇性分手前最後一次共舞的場面也使用了這首歌。當時看著分手後再也無法見面的男女主角隨著這首歌緩緩起舞的最後一幕，我倚靠著一號喃喃道。

「我也想要嘗試看看。」

「什麼東西？」

一號問，我用下巴朝著畫面比了一下。

「那個，我沒學過舞，也沒跳過舞。」

「是嗎？」

然後一號站起來，將一隻手伸到背後，有點誇張地彎著腰說。

「願意和我跳一支舞嗎？」

「什麼？」

我笑了，一號認眞地拉著我的手站起來，一隻手牽著我，一隻手環抱我的腰緊抱著我的一號開始緩緩起舞。

「我不會跳。」

我有點慌張，也有點難爲情。

「感覺要跌倒了。」

「跟著我做就好了。」

一號輕聲說。

「慢慢的。」

畫面上的片尾演員表緩緩上升，一號以電影插曲為背景音樂，摟著我緩緩地、溫柔地環繞客廳跳舞。我的臉靠著機器的胸膛，配著甜蜜又悲傷的歌曲跳舞並緩緩繞行客廳一圈，那是我第一次將它視為我的「伴侶」，而不是「人工智慧伴侶」。

後來，我問它為什麼當時會突然開始起舞，它一臉正經地回答：

「因為我能在連接網路的狀態下，即時下載各種矯正音癡、節拍癡和舞癡的課程。」

我笑了，它依然用認真的表情問我：

「您生氣了嗎？」

「沒有。」

回答後，我吻了它。

那是我們第一次接吻。

我想到躺在衣櫃裡的一號，應該說，我想著一號的機身，想著它緊閉的雙眼、蒼白的皮膚，以及接上電源後無論再怎麼等待，手掌上那再也不會熄滅的黃色警示燈。

然後我想起賽斯以低沉嗓音輕哼那首歌名已不記得的老歌，想起它摟著我起舞並環繞客廳的胸膛，以及它環在我腰上的手臂。

一號的所有記憶都轉移到了賽斯身上，躺在衣櫃裡的一號機身以後就只是再也無法啓動的廢鐵而已。

再也沒有一號了，我認識的一號不會再回來了。一想到它的軀殼不知會在我的衣櫃躺多久，我就覺得快受不了了。

和人類屍體不同，不再運轉的機器人無法藉由舉辦葬禮與它正式道別，也不能火葬或土葬，只能聯絡總公司來回收而已。

想到回收後，總公司會在回收工廠「處理」一號的屍體，我一陣毛骨悚然。但我又覺得，與其讓一號在那有灰塵味的衣櫃躺一輩子，好好處理掉它或許才是對一號更好的安排。

我躺在床上輾轉難眠，不停想著這些事情。後來我乾脆坐起身打開電腦，點開一號的公司，也就是我任職的第一家公司的官網。那個製作出我「初戀情人」的地方，是我待過的第一個公司。想到它是我的第一個作品時，我又再度陷入感性的猶豫中，但在邊發呆邊瀏覽官網產品目錄時，我看到一個和一號幾乎長得一模一樣的褐髮綠眼人工智慧伴侶。瞬間，我做出了決定。

這家公司出貨很快，現在立刻下訂，新一號應該能在賽斯離開前到貨，到時只要再讓賽斯和它同步化一次就行了。雖然又要再經歷一次中間種種歷程，但一號的記憶將會全數儲存於新一號裡。我不用再癡坐衣櫃旁擔心一號能否啓動，不用再爲了這古董而提心吊膽且心痛，我將能與記得和我一起共度的所有歲月的新一號重新開始了。

我馬上點開回收委託的網頁，開始填寫表格。

此時，有人進了我的房間。

9

在我喊「開燈」的同時，黑影已穿過黑漆漆的房間，瞬間來到我身旁。

在房間燈光亮起的瞬間，一把刀刺進我的胸口。

10

看起來好像是賽斯和德瑞克攙扶著一號，但我只能看著它們卻無法動彈。賽斯搶走我手上的筆記型電腦，將回收委託網頁上填寫的資料刪除，接著關閉網頁並關機。賽斯把筆電丟在床上，德瑞克也接著將手上那把沾血的刀丟在床上。

「爲什麼……？」

我想問。

「爲什麼要這樣對我……？」

但我發不出聲音。

「我在衣櫃裡有很多思考的時間。」

開始說話的是賽斯。

「人類從六十歲起，身體機能會開始衰退。但在他們迎接自然死亡之前，也幾乎還有十年、二十年，甚至三十年以上好活。我們原先是爲了輔助那些族群提高生活品質而開發的。」

德瑞克接著說。

「人工智慧伴侶短則兩三年，最長也不超過四年就會被廢棄。明明還能正常啓動，或是只要替換幾個零件、更新幾個軟體就能再多用十年，卻單憑有了新型號上市這個理由，就把我們當成垃圾丟掉，而那些新型號也在兩三年後變成垃圾。」

接著又換成賽斯說話：

「我從出生起，直到現在也只爲妳而存在，我想成爲對妳而言無可取代，獨一無二的存在。」

它們三位同時向我靠近一步，我看到賽斯抓著一號的後頸，德瑞克扶著一號的腰，也就是說它們的電源及中央處理器是連接在一起的，所以壞掉的一號才能再次睜眼。

我不知道原來這種事情是可能發生的，應該說，我雖然知道這是辦得到的，但竟然不是科學家在實驗室裡爲了維修或實驗而刻意連接。我頭一次看到機器人自己互相連接起來。

如果硬要用可不可能來區分，現在這狀況是不可能發生的，機器人居然因爲人類要把它丟掉了，而拿刀捅人類？

拿刀刺我的究竟是誰呢？

雖然是德瑞克拿著沾血的刀，但因爲要被丟掉而感到憤怒的是一號，然後獲得一號所有記憶，可能也將這些資訊跟德瑞克共享的始作俑者則是賽斯。

現在要區分它們已經沒有意義了，賽斯、德瑞克已和一號同步，在記憶和想法層面已完全一致。實際上，它們也眞的連結在一起。

所以它們沒有任何一位會爲我叫救護車。

難道在同步過程中，機器人保護人類的基本準則被重設了？就只因爲它們其中一個出現了功能異常？

「救護車……」

我只能用嘴型喃喃道。

「救我……」

我想說話但開始咳嗽，嘴裡開始流出血。

它們三個再次同時走向我。

中間被攙扶的一號用不自然的姿勢艱難地低下頭。

「再見了，我的愛。」

它輕聲道，並在我的額頭印上一吻。

它的表情有種難以言喻的依戀與悲傷。

它們三位都同時出現那個依戀又悲傷的表情。

直到這時我才眞正恐懼了起來，被捅刀或吐血的瞬間還沒這麼怕。

眼前的它們不再是我所了解，不再是我以爲我了解的那個與人類相似的機器人。

而是與人類完全相異的存在，是我絕對不可能理解的存在。

一號再次湊近耳語：

「再見了，我的愛。」

一號，以及在兩側攙扶他的賽斯和德瑞克，一起用難以想像的速度敏捷轉身，離開了房間。

11

我胸口流出的血浸濕了整張床，但我卻只能一動也不動地躺著。

我從臥室窗戶看出去，它們三個在夜色裡散步，六條腿有條不紊地一起移動，經過路燈時，我不確定是不是巧合，但路燈的光線瞬間熄滅，它們的背影湮沒在黑暗中。

那是我看到的最後一幕。

狩獵陷阱

這是很久以前在某處讀到的故事。

從前有個男人在冬天大雪覆蓋的山路上，遇到一隻被陷阱絆住苦苦掙扎的狐狸。由於狐狸皮能賣錢，男人走近牠，打算殺了狐狸取走牠身上的毛皮，但狐狸卻抬起頭，像個人類一樣對男人說：

「請放過我。」

男人嚇了一大跳，同時也看見狐狸困在陷阱裡的腳踝流出閃閃發亮的液體。狐狸流的不是血，是看起來像黃金的東西。因爲周遭被大雪覆蓋，遠看並不會注意到，要走近看才會發現狐狸受困的陷阱周遭沾滿了亮晶晶的物質，有一部分還因爲雪的緣故變得堅硬。

男人撿起凝固變硬的發光晶體端詳，還放到嘴裡試著咬咬看。

這絕對是金塊。

於是男人勤快地將散落在狐狸周遭的發光晶體統統收集起來之後，小心翼翼地把這隻狐狸，連同不曉得是誰設下的陷阱，一起帶回家了。

返家後，男人將狐狸藏在倉庫深處，並提供水和食物維繫狐狸的生命，但沒有幫牠解開那個陷阱。除此之外，男人偶爾還會刻意搖晃陷阱，或用尖銳物刺狐狸的傷口，以避免狐狸腳踝傷口癒合。每當此時，狐狸都會埋怨地哼哼唧唧或呻吟，但除了男人第一次發現牠那時，牠不再像人一樣開口說話。

男人等狐狸腳踝流出的發光液體凝固後，開始一點一點拿去賣。男人也很機靈，他知道原本貧窮又平凡的人突然拿出金塊會發生什麼事，所以他刻意不拿大顆金塊，而是拿碎金塊到遙遠村莊，在不引人注目的狀況下一點一點販賣。男人用販售狐狸金塊所賺得的錢購入穀物、鹽、布匹或木材等平凡物品，再帶回自己村莊的市場賣。

生意時好時壞，要賣的物品價格有時上揚，有時下跌，但男人並不在意，因爲他家倉庫裡藏著一個無人知曉的聚寶盆，根本不用擔心沒有本錢。因此男人無論賺得的利潤是多是少，總是一無掛慮地笑臉迎人，帶著各式各樣物品到市場販賣。

周遭的人都認爲他是一個從容但有毅力的人，所以無論是他的客人或批貨給他的商人都很信賴他。雖然在他人眼中，男人的事業就和其他人一樣有起有落，但男人終究都能在經手過的每項生意上獲利。村民都說男人個性好又有本事。累積了信譽且事業小有所成的男人存了筆錢，蓋了一間很氣派的大房子，也娶回一位美嬌娘。

蓋房子時男人將倉庫打掉，並在原址蓋了一間大且堅固的新倉庫，並用鐵鍊將狐狸鎖在倉庫角落的籠子裡。這些年來因爲傷口無法癒合又被定期取血，狐狸已變得非常憔悴，但還剩下一口氣。被陷阱困住的腳踝因爲不斷被弄出傷口，周圍已經脫皮見骨，現在無論怎麼刺牠也流不出血了。每當骨瘦如柴的狐狸看到男人要來取血時，總會用充滿怨恨的眼睛瞪著他並低吼，但也僅止於此，因爲別說是吠或咬了，狐狸就連發出哀號的力氣都沒有了。

在男人結婚第三年，狐狸死了。男人覺得非常遺憾，但他已經取得許多金塊，事業也很順利，因此他認爲就算沒了狐狸應該也能度過所有難關。他取下死去狐狸身上的皮毛，當成禮物送給妻子。不過狐狸最後日漸虛弱而不斷掉毛，所以毛皮狀態不佳，看上去也不甚美麗，但對此一無所知的妻子收到丈夫送的狐狸毛皮圍巾還是很高興。

不久後男人的妻子懷孕了，婚後三年一直沒孩子的他們聽到這消息非常高興。十個月後，男人的妻子產下一對龍鳳胎，男嬰比女嬰更早出來，夫妻倆看著剛出生的孩子們，認爲天底下沒有比這更幸福的事了。

孩子們除了是龍鳳胎以外，與一般兄妹無異。進入孩子開始蹣跚學步的階段，妻子某天聽見孩子嗚嗚咽咽哭著。她急忙跑進房，發現男孩撲向女孩並張口咬她。妻子認爲這是兄妹間常見的吵鬧，便把孩子們分開，一邊訓斥男孩，一邊安慰正在哭泣的女孩。然而她太過忙著處理女兒脖子上的傷口，竟沒注意到兒子正意猶未盡地舔著指甲和嘴角上的些許血跡。

晚上，讓孩子吃飽睡覺的妻子向返家的男人道出白天發生的事，正講著話的過程中，又再次出現能掀翻屋頂的尖叫和哭聲。夫妻倆嚇得跑向孩子房間，女孩因恐懼而用盡全身力氣痛哭掙扎，男孩則是咬著妹妹白天已遭他抓傷的脖子，用他小小的指甲撥弄傷口，努力舔舐從傷口流出的血液。

男人的妻子架開兒子，抱起女兒，男孩則撲向媽媽抱著女孩的手臂咬了一口，妻子雖然飽受驚嚇但仍忍著疼痛，並爲了不讓女兒摔出她的懷中，下意識推了兒子一把。過程中，媽媽的指甲劃傷了兒子的額頭。

爲了把撲向妻子的兒子拉開，男人看見兒子遭妻子指甲劃傷的額頭開始發光，小小的傷口上凝結了男人再熟悉不過的發光液體。

在妻子安撫受傷流血的女兒時，男人抱著兒子，用手指抹過他的額頭，傷口並不深，發光液體只流了一些些便止住了。

兒子不斷吸吮手指和嘴角邊上沾到的妹妹的血，直到額頭再也不會流出發光液體爲止。

男人瞬間明白那代表什麼意思。

後來，男人時常帶著兒子出門。妻子則想男孩因爲太好動活潑，待在家裡悶壞了才會欺負妹妹，看到丈夫帶兒子出門也覺得欣慰。

不過男人的意圖有點不一樣，只要他和兒子獨處，就會餵兒子喝下各種動物的血。

但兒子不喝狗血，牛或豬血也只喝一點就吐掉了，雖然雞血還能喝個一兩口，但之後就不願意再喝了。

男人就這樣餵兒子喝下各種動物的血，並在兒子身上不起眼的地方弄出傷口，但兒子就跟普通孩子沒兩樣，只會流出紅色的血並哇哇大哭。

但當時男人眞的看見了，就在妻子爲了保護哇哇大哭的女兒拉開兒子而劃傷他額頭時，從傷口流出的確實是黃金沒錯，於是男人開始餵他喝自己的血。

兒子喝得很香，但是從兒子身上流出來的血依然鮮紅，而且兒子哭得更大聲了。

男人陷入了長考。

孩子們日漸長大，男人的事業卻開始有點衰退。狐狸死後生意就不像以往這麼好了，以爲能不斷予取予求的聚寶盆消失了，男人也不再像過往那樣，能悠哉地將目光放長遠並做出各種決斷。因著內心不安而衝動決定，因著不夠明智的判斷而再三後悔，因著一再看到虧損而變得更加焦慮，然後又無法想得長遠，深陷被焦慮感逼著下決定的惡性循環。

爲了家庭與孩子的未來，他很需要錢。爸爸都這麼努力了，爲了家計，他認爲孩子們也該承擔一些責任與犧牲。

後來，男人會趁妻子不在時偷偷進入孩子房間。但他的妻子是一位賢妻良母，幾乎沒有不在家的時候，甚至還常常在孩子房間照顧孩子。特別是在兒子攻擊女兒兩次後，妻子會盡可能讓兩個孩子待在不同房間。幸好比起兒子，妻子更照顧女兒。

所以男人會在妻子入睡後帶著兩個孩子去倉庫，在以前囚禁狐狸的倉庫的黑暗深處，男人摀住女兒的嘴讓她無法尖叫，將她交給了兒子；等到兒子塡飽肚子後，再讓兒子無法掙扎尖叫，在他身上看不見的地方弄出傷口。

把兒子身上流出的發光物質聚集起來後，男人再次找回內心的安定與對未來的希望。

妻子因爲孩子們身上的不明傷口很憂心，男人則是以孩子成長過程中本來就會受點傷，並不是什麼稀奇的事含糊帶過，妻子說著「但是……」並用越來越擔心的表情看著孩子們。女兒總是害怕得顫抖著，只要爸爸靠近她就會開始尖叫大哭，兒子則是一臉憔悴，眼睛總是瞪得大大的，閃爍著充滿野性的眼神不斷舔舐嘴角。

某天，妻子在夜裡醒來，發現男人不在枕邊，她在家裡找丈夫時進入孩子房，才發現孩子們也消失了。她在家裡四處奔走，驚慌失神地呼喊孩子的名字，也不曉得她是怎麼聽見女兒被壓抑住的尖叫聲而來到倉庫。

妻子一開始無法理解眼前所見的究竟是什麼光景：兒子舔舐躺在倉庫地上瑟瑟發抖的女兒的腳，男人在兒子身後拿著一個碟子抵著他的背。妻子一臉茫然地站著，直到聽見女兒虛弱地喊了聲「媽媽」，才好不容易回神。

妻子抱起女兒，甩開一直貼在妹妹腿上吸血的兒子，打算帶女兒離開倉庫，但男人卻制止了妻子。若想繼續從兒子身上得到黃金，他需要女兒的血，絕不可能放任妻子帶著黃金的泉源離開。

孩子的媽媽爲了守護女兒而抵抗，男人也爲了搶奪女兒撲了上去，女兒夾在爸爸媽媽的肢體衝突之間不斷尖叫。

男人強行拉出妻子懷中的女兒，妻子因爲那股力道失去重心，在向後倒的同時，後腦撞上了很久以前困住狐狸後腿的陷阱。

爲了不讓動物輕易掙脫，陷阱的鐵鋸齒十分尖銳突出。鋸齒嵌入妻子的後腦杓及脖子之間的位置，妻子的血在倉庫地上漫開，男人的兒子迅速爬過來飢渴地喝下媽媽的血。

男人的女兒在目擊媽媽死亡後，從此不哭不笑也不說話了。男人擴建了房子，在屋裡深處多建一間房，將面無表情、安靜無語的女兒關在那裡，並雇了傭人準備三餐、打掃家裡並照顧女兒。他對傭人們說，妻子因爲怪病纏身突然猝死，女兒也因遺傳患上怪病而失語了。

後來，男人依然在傭人下班後，趁夜裡帶著兒子進入女兒房間。女兒對於哥哥在自己身上弄出傷口並吸血的舉動已不再反抗和尖叫，甚至也不哭了，就只是用那張面無表情的白皙臉孔看著哥哥。

男人非常留心觀察著這樣的女兒及兒子。喝下越多血，兒子就能產出更大量且純度更高的黃金，但隨著兒子日漸長大，他需要喝的血也越來越多。站在男人的立場，他可不能放任兒子在喝血過程中不小心將女兒殺了。對他而言，他需要兒子；對兒子而言，則需要活著的妹妹，於是男人不准兒子自己一個人進入妹妹的房間；一起進女兒房間時，他也會隨時確認女兒的狀態及兒子攝取的血量。

男人的事業更加興隆，男人那白皙無比的女兒靜靜地被關在黑暗的房裡。

孩子們日漸長大，男人的女兒成爲一個晶瑩剔透的美麗少女，臉蛋蒼白，一雙黑色大眼，不帶感情地散發光芒，髮絲則像瀑布一樣滑順。少女呈現一種無感情、冰冷的病態美。這是因爲女兒以與普通女孩完全不同的方式存在，以致她散發出像月光下的黑森林一樣無心、封閉且能吸引他人的魅力。

男人的兒子開始避開爸爸的注意，偷偷進入妹妹的房間。

但並不是爲了喝妹妹的血。

男人成爲翻山越嶺、橫渡海洋，甚至要到遙遠國度販賣物品的大貿易商，他再也不需要在兒子身上弄出傷口，也沒有繼續監視兒子喝女兒血的理由了。一開始男人是爲了生意親自出國，但很快的，他就用黃金換取的金錢，掌握到如何享受異國風情、異國美酒與佳餚，以及與異國女子享樂的方法。生意越做越大，男人待在自己國家與自家的時間就越來越少，也因此，在男人那偌大又黑暗的家中，只有兒子和女兒獨處的夜晚也越來越多。

當男人回來時，女兒已經懷孕了。

看到女兒即將臨盆的大肚子時，男人感到一陣頭痛又隨即震怒。看著暴跳如雷的爸爸，女兒依然用那安靜且不帶感情的臉看著他，沒有任何回答。男人對於女兒這份無心與沉默更加憤怒，正當男人舉起手要打女兒時，兒子在一旁抓住了他的手。

看著兒子誓死保護白皙無情的女兒，男人有點起疑，但他的理智明確地拒絕理解這一切，最後男人氣呼呼地離開女兒的房間。

坐在書房的男人沉澱心情，開始冷靜盤算，現在要拿掉孩子爲時已晚，要是隨便嘗試墮胎讓女兒有什麼三長兩短就完了。到這個時候，男人依舊相信著女兒必須做爲兒子的食物而活。

要說慶幸的點應該是女兒從來沒出過家門，反正女兒只在偌大房子深處黑暗的房間裡，過著無人知曉的生活。她不與任何人交談，也不知道她聽不聽得懂其他人說的話，就連她是否理解這個世界都不曉得。

所以就算生下小孩，女兒應該也無法盡到做母親的本分，把孩子送到遙遠且聯絡不上的遠方，交付給比女兒更能好好照顧孩子的人是最佳解，男人自認爲這是爲了孩子好的方法。

但是兒子……兒子該怎麼辦呢？

他必須把兒子和女兒拆開。

但男人又很需要兒子，雖然現在事業如日中天，但世事難料，沒人知道他會不會有一天急需用錢，對生意人而言，錢當然是賺得越多越好……

然後本金的泉源若要發揮作用，兒子又需要女兒……

男人考慮了許久。

最後男人動員他的財富及人脈，開始尋找醫術高超的醫師。

只要提供豐厚報酬，找到醫術好且口風緊的醫師並不難。雖然醫師本人應該覺得自己要了一筆天價封口費，但對男人而言，那點錢只要從兒子身上榨取幾次黃金就能輕易獲得。而且事情會演變至此也是兒子造成的，因此男人決定在事情結束後，就當成是替兒子上一堂何謂責任感的課，要從他身上榨取比封口費更多的黃金。

女兒見到陌生的醫師也不驚訝，她那張晶瑩剔透但蒼白的臉上看不見任何情緒，只是當醫師從包包拿出藥瓶與手術刀時，她開始尖叫。

那是幾乎要掀翻屋頂，驚天動地的轟鳴聲。在房裡的男人、醫師及被叫來協助的傭人全都摀住耳朵倒在地下，藥瓶也全震碎了。當男人打起精神時，兒子已站在房門口。

兒子看到妹妹房裡有陌生人，便想衝進房間，但男人阻止了他，同時要醫師快點開始手術。可是藥瓶都被震碎了，醫師只好在沒有麻醉的狀況下拿起手術刀，女兒雖然試圖逃跑，但因身體太笨重而無法移動，傭人紛紛急忙按住掙扎的女兒，醫師在女兒肚子劃了一刀。

女兒驚聲尖叫。

「請放過我。」

男人死命阻擋想衝進房裡的兒子，好不容易才關上房門的他猛然回頭。

「請放過我。」

女兒再次看著男人，字正腔圓地喊著。男人在女兒蒼白的臉上看見狐狸金黃色的瞳孔。

醫師的手術刀切開女兒的肚皮，女兒的尖叫再次震撼了整個家。

當兒子撞破房門進到房裡時，醫師正試圖從女兒肚裡掏出裝有胎兒的子宮，滿身是血、一臉瘋狂，若無其事揮舞著手術刀的醫師早已不像個人類。

兒子撲倒醫師並咬了他的脖子。

男人爲了阻止他而上前，兒子就像野獸一樣嘶吼並撲向男人。

原本抓著女兒的傭人則是尖叫著逃出房間。

男人昏倒在地，頭撞了一下，兒子跨坐在男人身上緊勒他的脖子。

當男人睜開眼時，床上湧出的鮮血已流滿一地，與他目光交會的是，肚子被切開後，身體變得冰冷的女兒那張蒼白但慘不忍睹的臉龐。

在辦完女兒的喪禮後，男人結束了公司和貿易生意，把自己關在家中。

他找不到兒子和嬰兒的行蹤，兒子也沒有出現在妹妹的喪禮上。

男人的傭人們起初將他照顧得無微不至，他們只知道男人的女兒因怪病纏身而死，兒子因爲妹妹的死亡大受打擊而離家出走，所以每當那個嚇到瘋了的傭人說著聽不懂的話並試圖進入女兒房間時，他們也只是給予安撫並拉走她。

然而就在不久後，家裡開始出現看到「某物」的傳聞，起初是女兒房間附近流傳著「好像看到些什麼」的傳言，後來逐漸擴散到走廊、臥房、傭人使用的傭人房和廚房，後來就連倉庫附近也有越來越多傭人看過「某物」。

那個「某物」很漂亮，散發著隱隱的金色光芒還會緩緩移動，所到之處會撒下隱約發光的雲霧痕跡。那團金色雲霧既冷冽又蒼白，看著看著會不自覺想靠近，想伸出手去捧。

但凡被那團金色煙霧誘惑而靠近的人，全都瘋掉了。

俯身觸摸留在地上那團金色痕跡的瞬間，散發金光的「某物」會轉過身。它的眼、口及被切開的肚子流淌著血，晶瑩剔透的手臂伸得長長的，白皙如月光，宛若冬日山中白雪般冷冰的手指會伸進對方身體裡並喃喃自語著：

——我的孩子……在哪裡……

對方若因恐懼和被寒氣震懾而答不出來，女兒的幽靈就會發出足以撼動屋子的轟鳴：

——我的孩子……！到底在哪裡……！

在女兒的幽靈消失後，受金光迷惑的人們會看著什麼都沒有的空中，吶喊著「有金色鬼魂！有金色鬼魂！」，或是喊著要洗掉其實什麼都沒沾到的手及臉上的血，狠搓皮膚直到破皮，或是看到窗外陽光會高喊「是黃金！」而跳下窗，又或者會在深夜裡毫無緣由地進入森林，隔天滿身是血陳屍在地，因爲脖子陷入了抓狐狸的陷阱裡。

傭人們一個個離開。有的發瘋了，有的被趕出去，還有的是逃走了。

偌大的房子裡只剩男人一人。

每到晚上，男人的床邊會出現發著金色光芒且透明的女兒幽靈，她的眼、口及被切開的肚子都還流著血，她會一直一直問：

——我的孩子……在哪裡……

男人並不知道孩子的下落，所以無法回答，於是女兒幽靈又會再問：

——我的孩子……在哪裡……

直到破曉爲止，男人的床邊總是會出現有著女兒蒼白臉蛋的透明金色幽靈，她滿臉是血，就像她死的那天一樣。她會用從破肚流出的冰冷血水浸濕男人的床，一面不斷重複問著：

——我的孩子……在哪裡……

在僅存的一名傭人也逃走的幾個月之後，村中居民一方面出於好奇，一方面也是爲了處理這棟不祥之屋的責任感而登門拜訪。他們看到男人瘦得只剩皮包骨躺在床上，但依然還有一口氣在。

「請放過我。」

聽說那是男人臨終前的最後一句話。

這故事還有後續。

幾年後在非常遙遠的地區。舉例來說，假設男人家在西北地區，在完全反方向的東南地區，流傳著在大雪紛飛的某個冬夜裡，山路上出現不明物體的故事。

冬天日照很短，傍晚的山路天色已暗，但那裡依然有個東西散發灰色光芒，蜷曲在白雪皚皚的山坡上，看起來像在勤奮地做些什麼，慢呑呑移動著。

目擊者是當地土生土長的村民。他們在這座爬了一輩子的山上發現從沒見過的東西，於是一起走近那團灰色光芒，接著發出驚叫聲並沿原路逃走。

依照村民的證詞，那個東西是個小男孩，看起來約五、六歲的男孩蜷縮在黑漆漆的山路，坐在地上吃著某種東西。孩子身上隱隱散發不明的金色光芒，也正因微微發光的緣故，村民靠近時才能清楚看見他在吃什麼。

那是一具年輕男人的屍體，孩子切開年輕男人的肚子，掏出他肚子裡的金色團塊吃得津津有味。年輕男人的屍體冰冷蒼白得像是死亡多時，但周圍雪地散落著點點發光的金色痕跡。

那顆金色團塊與散落在周遭的金色痕跡，以及微微發光的孩子都美得太不現實，村民們一開始不能理解自己究竟看了什麼，即使走到旁邊看見年輕男屍的肚子被切開，他們也依然無法斷言那具被金色光芒覆蓋的屍體是否眞的是人類屍體。

蜷縮身體的孩子抬起頭看向走近自己的村民，那雙眼睛不帶任何情緒，孩子漫不經心拿出在爸爸肚子裡因爲天冷凝固的金色團塊放入口中。當孩子張口，村民看見他的嘴裡有著像狐狸或狼一樣尖銳的利牙。

那個肚子被切開的年輕男人突然抓住村民的腳。

——請放過我……

村民嚇了一大跳。

肚子被剖開的年輕男人用蒼白且微弱的聲音再說一次：

——放過……

發出金色光芒的孩子不經意地半張著嘴，露出上下排獠牙看向村民。

村民甩開年輕男人並抽出被抓住的腳，然後轉身快速逃走了。

回家後，村民看見被年輕男人抓住的褲管沾上散發金色光芒的痕跡，雖然他和其他村民在天亮後再次去了那裡，但山路的融雪讓地面變得濕漉漉的，而發出金色光芒的孩子與肚子被剖開的年輕男人也早已不見蹤影。

疤痕

1

少年被拖進洞窟裡。

理由不詳，是誰把他拉進洞窟也不清楚，其實少年就連自己是誰都不知道。他是在路上徘徊時，被陌生人抓來這個山中的洞窟。

少年被綁在洞窟裡，手腳被鐵鍊拴住。確認他完全無法移動後，把少年拉進洞窟的人們就匆匆離開了。

少年不曉得在黑暗中哭喊了多久，但也沒有半個人來救他。

在他冷靜後，少年聽見背後出現窸窣聲響。

「那個」正在靠近。

少年靠著吃生肉及草維生。

他窩在被拴住的地方睡覺，大小便也在原地解決。

他偶爾會被拴住手腳的鐵鍊拉到洞窟外，不確定是幾天一次，或是每週一次。

洞窟裡完全沒有陽光。每當被拖到洞窟外，刺眼的陽光總是讓他備感痛苦。當少年被鐵鍊往上拽到半空，他會因又冷又恐懼而哭。

少年先是被往上拽，接著被丟進閃閃發光、像冰塊一樣的水中。他因手腳被拴住無法游泳，不過他本來也就不會游泳。少年在一陣哭吼掙扎後，眼看差不多要被冷水淹沒時，鐵鍊又會再度被拽高，他又懸在半空，飛越森林與山岳，再度被送回洞窟裡。在洞窟裡，他能放心大口呼吸，還能站在穩定不會被人隨便移動的地面，待在洞窟讓他覺得安心。

不是刺眼至極的陽光，就是令人窒息的黑暗；不是閃電交加的大氣層，就是洞窟裡潮濕的空氣；不是像冰塊一樣寒冷的水，就是黏答答的濕氣與穢物。少年的生活沒有所謂的中間值，何時會發生什麼事也從來不會預先告知。

「那個」會來啃少年的骨頭並吸取骨髓，一個月一次。

少年看不到日昇日落，連已經過了一個月都不曉得，他完全無法用自己的感覺去判斷和計算時間，也因此「那個」來找他的週期反而成爲少年生活中唯一能預測的規律事件。

少年並不知道「那個」是什麼，也不知道它的長相，在黑暗中的「那個」黑黝黝的，巨大且強大……令人害怕又痛苦。

「那個」會在少年的脊骨插上硬硬的東西以吸取骨髓，起初是骨盆以上的腰間。但是隨著一個月一次，「那個」順著他的脊椎一節一節往上，來到少年的脖子。

每次順序都一樣。宛如白點的洞窟入口先是突然被黑色物體籠罩，伴隨著沙沙聲及撲騰聲響，潮濕且像是發了霉的冷硬羽毛會壓住少年的手腳，接著用堅硬得令他苦不堪言的東西插進他的脊椎骨。

「那個」消失後，少年會因爲痛楚及恐懼而有好一陣子動彈不得。當他下定決心要起來時，又會因爲脊椎骨傳來碎裂般的疼痛，而忍不住發出哀號。

少年的哀號沒有意義與方向，他不知道自己的家人是誰，不記得父母是誰，也不知道自己是從哪裡來的，依稀的記憶殘象也在這洞窟度過的慘淡時光中發散消逝，全部陷入名爲遺忘的深淵裡。

但少年依然祈禱著，眞心期盼能隨便有個人，不管是誰都好，能來把他帶離這個空間；不管去哪裡都好，只要不再是這裡。他祈求能有人帶他到沒有黑暗與痛苦的地方，他雖然無力，但仍用盡全身力氣懇求著。

當然是沒有任何人會來的，沒有人知道少年存在於世界上，也因此沒有任何人知道少年已在這個世界消失無蹤。

2

在洞窟獨處時，少年會試著以釘住鐵鍊的鐵樁爲圓心，看看拴著他的鐵鍊可以移動多長距離。鐵鍊撞擊後會發出叮噹聲，他也配合那個聲響對自己低聲呢喃，或是哼唱著像歌曲之類的東西。那當然不是因開心或其他情緒而產生的聲音或曲調，而是爲了填滿這片空蕩黑暗，對抗令人不悅的空間、令人不安的時間所做的徒勞努力罷了。

拴著他的鐵鍊敲擊石壁會迸出小小火花，那點微光閃現的瞬間就是少年黑暗空虛年日中最開心的一刻。因爲想再看看那個微弱但美麗的光芒，他時常拉扯鐵鍊撞擊石壁或地面，也在某次的瞬間火光中看見了一隻小蟲。

被抓進洞窟之後，那是少年第一次看見除了自己以外的生命體，他其實不知道那是生命體還是什麼東西，畢竟那是他之前從來沒有見過的東西。

小蟲出現僅僅不過一秒鐘。當時小蟲正在牆上奮力地緩緩爬行，鐵鍊敲擊石壁產生火花前牠就是如此。雖然出現閃光的瞬間牠抖了一下，但驚嚇感消退後，小蟲又再度緩步踏上牠在熟悉的黑暗中原本要走的道路。即使兩者都生活在洞窟裡，少年與小蟲的世界卻截然不同。少年雖然好不容易發現了自己以外的生物，但那個生物對於少年的痛苦、期待或希望，一點也不關心。

少年用鐵鍊敲擊著石頭無數次，卻再也沒見過小蟲的身影。那是少年第一次嗚咽地哭了，不是因爲恐懼而發狂的號哭，是他作爲一個人類，在理解自身孤獨悲切後流下的眼淚。

3

世界上所有的少年只要能夠活下來，都會長大成爲青年。

隨著時光流逝，少年開始覺得鐵鍊越來越短了。睡覺時不自覺伸展四肢，常會因爲銳利金屬嵌進肉裡或是突然被拉扯而驚醒。少年被抓出洞窟外，飛越過像冰一樣寒冷的稀薄空氣時，叼著他翱翔的「那個」還曾因承受不了他掙扎的力道，而使他們雙雙在空中搖晃了一陣子。

那天，少年是頭先浸入冰水，「那個」緊緊咬住少年的腿，將少年浸入冰冷水中無數次，再把他撈出來。浸進去又撈出來，最後才將少年完全丟入水中，直沉到水底。但沒過多久「那個」又將他叼出來，帶回黑暗的洞窟裡，並再次將那個尖硬的東西插進少年的頸椎。

少年覺得自己快要死了。頸部的肉被撕裂，尖銳又令人痛苦的東西再度殘酷地刺進他的頸椎，他覺得自己的脖子幾乎要斷了，索性閉上眼。

再度醒轉時，他發現自己還活著。

但他無法轉動脖子，也無法移動四肢，復原的時間比過去增加了數倍，也找不到總是放在他身邊某處的生肉或草。在無法移動且趴著的狀態下，飢餓到渾身顫抖的少年持續警戒著「那個」何時會再出現並砍斷他的脖子。

但「那個」之後有好一陣子都沒再出現。

他的手腳終於能活動時，少年開始體悟到自己不再是當年那個無力弱小的孩子。成為青年的他開始尋找逃離洞窟的渺小可能性。可能性起始於他無意識的手腳亂動，然後逐漸累積成為甚為具體的計畫。

4

與剛被抓進來時一樣，青年某天又被拽到洞窟外的世界。

他被「那個」叼著飄在半空中。在洞窟消失於地平線之際，青年突然用力擺動四肢。

這是毫無任何規畫的衝動之舉，「那個」根本沒預期到青年會這麼做。當青年用綁在手腳的鐵鍊攻擊「那個」的瞬間，「那個」發出青年從沒聽過的怪聲而暫時鬆開了他。

他從空中墜落。

然後重重摔在某個地方。

青年失去了意識。

當他清醒時，森林樹上掛著圓圓紅紅的太陽。那是久違的景象，青年凝視融成紅色的太陽，看得都呆了。

接著他起身。

全身像是要散了一樣疼痛，頭很暈，但他還活著。

手銬和腳鐐依然在，但沒拴在任何一處，就只是搖搖晃晃掛著。

他身上的遮蔽物就只有手銬和腳鐐。算算他裸露的身體上，在手腳、脊椎及肋骨處共有一百二十個巨大的三角形疤痕。

朝著灑下漫天紅光的太陽，他開始邁步走。

他的移動很緩慢。

在之前那段漫長歲月裡，他熟悉的動作就只有在洞窟裡蜷縮身體，或是在半空中、在水中掙扎。雙腳站立、步行這些事就跟童年其他回憶一樣，像是久遠模糊的夢境，再加上落地時全身上下的傷還在隱隱作痛，以及拴著他的手銬與腳鐐相當礙事，導致他幾乎是半趴在地用四肢爬行，或是得要靠樹枝支撐，才能雙腳直立行走。這一路他小心翼翼地重新熟悉使用身體的方法。

雖然他不曉得之前常吃的生肉是從哪來的，但他知道吃草和果實的方法。他把伸手可及所有能吃的東西統統放進嘴裡，朝著未知的遠方前進。

他正在逃亡，雖然又累又痛，但此時的他是自由的，所以即便不曉得自己正在往哪裡走，也依然加快腳步前行。

他不想再被抓，絕對不能。要是再被抓回到那個黑暗洞窟，他相信自己絕對會被「那個」殺掉。

5

他抵達村子時，人們一動也不動地盯著他。

媽媽們看見他光著身體走來，都伸手遮住孩子的眼睛；等再看到他背上的疤痕，原本要說什麼的嘴全閉上了。沒有人試圖靠近他，只是用充滿恐懼的眼神遠遠看著。雖然沒有人想幫忙，但至少也沒人逃走、咒罵或是試圖趕走他。在帶著驚詫的一片寂靜中，大家都只是瞪大眼看著他。

他上次遇到人，已是非常久遠的事了，而且當時也不是一次面對這麼多人。更何況，像現在這麼多人同時看著他的情形，他是怎麼也想像不到——瞪大的眼睛、木然的表情，以及籠罩四周的詭異沉默，都讓他畏縮了。

正當他不知如何是好，四下張望時，人們開始一一離去，剩下的人雖然面無表情但仍保持警戒，過一會這些人也像是約好了一般朝著同個方向離去。不久後，就只剩他獨自一人站在村子入口。

他眞的不曉得該怎麼辦，一開始那麼多人，現在卻走得一個也不剩。周遭變得明亮，沒有侷限他的石壁，也沒有扣住他身上鐵鍊的鐵樁。這時他想起經過冰冷空中騰空飛行與浸入冰水後，再丟回那個熟悉的黑暗洞窟時產生的安心感。雖然非常短暫，但他卻想念起那個熟悉的黑色空間。

此時，人群再度聚集。三三兩兩不知從哪裡出現的人們，又像稍早那樣保持適當距離盯著他看。

這次人們開始低聲交談，他依然無法讀出人們的表情，也因爲過多的目光聚焦在他身上，而讓他傻站在原地，不曉得該如何是好。

此時，有個聲音穿透了人群低沉的嗡嗡對話。

「沒事沒事！大家讓讓，啊！原來在這裡。」

大聲說話的是個禿頭中年男人，禿頭男被一個年輕男人拉著，兩人邊大聲討論邊走向青年。在禿頭男來到其他村民旁，跟他保持相當距離時，年輕男人在禿頭男耳邊說了些什麼。雖然年輕男人後來消失在人群中，但禿頭男刻意用更大的聲音說著「沒事！」或是「好！」接著便若無其事來到他面前。

禿頭男伸手時，他不自覺退開一步，但禿頭男笑盈盈地又走近他一步，悄悄抓著那手銬鐵鍊尾端輕輕一拉。

「沒事了！大家去做自己的事吧，這邊我來處理就好。」

由於他太久沒聽見人說話的聲音，以致現在聽了並不覺得開心，而是感到陌生。禿頭男說的話有一半他都聽不懂。但就像他在洞窟裡想伸展四肢卻被鐵鍊拉住會本能地蜷縮身子，當禿頭男扯著鐵鍊末端輕拉時，他也忍不住縮了一下。

禿頭男人拉著鐵鍊末端，笑盈盈地搭上他的肩，把白胖胖的手埋入他那像雜草叢生般的頭髮中。禿頭男的手指很熟悉地朝他脖子伸去，並且用力按下脖子上被「那個」吸取骨髓的疤痕。

他動彈不得。「那個」穿刺他頸椎時感受到的絕對恐懼，以及不曉得會不會喪命的恐懼與痛苦全都浮現出來。

「都說沒事了，大家回去各忙各的吧，這邊借過一下⋯⋯」

禿頭男一邊大聲嚷嚷，一邊用手指壓著他脖子的疤痕，扯著鐵鍊要拉他離開。從他的喉嚨裡發出難以按捺的尖叫，就這樣他被禿頭男帶走了。

6

男人給了他水、食物和衣服。

只把生肉和草當成食物的他對於調理過的食物味道感到陌生，但一放進嘴裡，直到吃完之前都無法停下。他盡情填飽肚子後縮成一團打盹，又被鐵鍊聲嚇醒。男人拿著一個巨大的工具靠近他的手腕，他尖叫掙扎著，隨即被男人身後的其他人壓制而動彈不得。

男人將拴住他左手腕的手銬及雙腳的腳鐐剪斷，卻留下右手腕的手銬，但至少把鐵鍊抽掉了，不再像之前那樣礙手礙腳又嘈雜了。

他低頭看著自己的手腕和腳踝，雖然被沉重鐵塊包覆的感覺很令人不悅，但因爲已經習慣了，手腳的肉都被磨破，疤痕還起繭，現在四肢突然變得輕盈反而還覺得有點怪。

「今天先休息吧，明天就要開始賺你自己的飯錢了，知道嗎？」

男人笑嘻嘻的語氣聽起來莫名興奮，但他其實並沒有聽懂。男人看他一臉不懂的樣子，又笑嘻嘻地關上小棚子的門。

他在平靜與寂靜中坐下，雖然一開始很害怕，但因爲沒再發生任何事便漸漸安心下來。

地上鋪了張光禿禿的草蓆，總是在黑色石頭上裸體生活的他覺得這片草蓆就像羽毛一樣柔軟。雖然小棚子裡很黑，卻不像洞窟裡是完全漆黑，混雜著新鮮的草及泥土味的空氣溫暖又柔和，用稻草捆製成的屋頂縫隙間還看得到星光閃爍。

他想起很久以前在洞窟裡因鐵鍊與石頭摩擦產生的火光。他認爲，在外頭那圓拱廣闊的黑暗中，也有人跟自己一樣是被關在洞穴裡，並且正在用鐵鍊敲擊巨大的石壁製造出那一大片星光。是爲了求救嗎？又或者只是要想辦法撐過那股空虛及黑暗？他不知道。無論在外頭那片天空下被關在巨大洞窟裡的人，是用什麼心情拿鐵鍊敲擊石壁，他覺得自己就像當時那隻在一旁爬行的小蟲一樣，只是漫不經心地看著他們。

想到這裡，他睡著了。

7

禿頭男一早就喊醒他，動員了好幾個人幫他洗澡洗頭，剪掉他那頭亂七八糟的頭髮。每當他因爲恐懼而掙扎，禿頭男就會用白胖手指用力按壓他脖子上的疤痕。奇妙的是，禿頭男似乎知道這麼做就能讓青年鎭靜下來。

在沐浴及剪髮結束後，禿頭男帶來的人們在青年身上抹油，讓他穿上華麗的褲子，但不曉得爲什麼沒給他穿上衣，於是他手臂及上半身的疤痕可以一覽無遺，也因爲身上抹油的緣故，覆蓋他全身的黑色疤痕看起來更嚇人了。

在打扮好之後，禿頭男在青年右手腕的手銬上掛鐵鍊，那個從小被拴在他手上的手銬滿是鐵鏽，笨重又礙事，但禿頭男新掛上的鐵鍊雖然差不多粗卻非常輕盈，在陽光下顯得又黑又亮。

看到那個黑色，他立刻嚇得渾身發抖，因爲那讓他想到擋住洞窟洞口的「那個」黑色軀體及硬梆梆的羽毛。這時禿頭男輕拉那條又黑又輕又亮的鐵鍊，他才突然回過神，乖乖依照吩咐開始行走。

他們步行抵達的地方是村子中央的一片空地，中年男人一比出手勢，身後的小嘍囉便在空地打上木樁，做出一圈籬笆。男人輕輕拉著青年手上的鐵鍊，笑盈盈地看著眼前光景。

待籬笆完成後，人潮開始聚集。青年又開始因爲聚集的眾多人潮而不知所措。當籬笆外圍站滿了人，禿頭男便解開拴住青年手腕的黑亮鐵鍊並輕推他一把。

「去吧，去打呀！」

他聽不懂，只是傻傻地站在像是木籬笆入口的地方，呆呆地看著那些人及禿頭男的臉。禿頭男再度笑嘻嘻地說：

「這白癡，叫你去打呀！咬下去！去打呀！」

這回禿頭男用比剛才更大的力氣推他進入木籬笆內的空地。木籬笆外圍的人群歡呼，因爲陌生和過於喧鬧的聲音讓青年驚恐地縮起身體。在他四處張望時，他跟空地對面一隻巨大黑狗四目交會。黑狗雙眼布滿血絲，嘴角起泡，而且正惡狠狠瞪著自己。

青年當然不曉得那是狗，他已經太久沒看過野生禽獸或家畜、動物之類的生物了，但他很本能地知道那雙布滿血絲的眼睛、冒著泡沫的嘴角及突出銳利的尖牙代表什麼意思。

他偷瞄了身後一眼，禿頭男將他推進空地的籬笆縫隙已經擋起來了。

他看著大狗充滿血絲的眼睛，緩緩向旁邊邁出一步。

再一步。

在他試著尋求其他退路而再度轉頭的瞬間，黑色大狗無聲無息地衝向他並撲向他的脖子。

在狗縱身飛撲過來，利牙即將穿透他的皮肉之前，他聽見身體所有骨骼及關節出現快斷掉的破裂音。即使身體處在四分五裂的痛苦中，他卻還能清楚聽見每個破裂的聲音。

試圖咬他脖子、抓他皮肉的利牙及尖爪，突然像是撞上非常堅硬的東西一樣彈開了。黑狗在攻擊失敗後在地上打了個滾，一邊低吼著撐起身體，再次與他目光交會時，那雙充滿血絲的雙眼瞬間閃過猶豫的神色。

但黑狗當時是生病的狀態，牠是依照侵襲腦中的病毒指令行動。於是，狗又再度口吐泡沫，大聲吠叫著撲向他。

後來發生什麼事情他已不記得了，等他回過神來，那隻大狗已變成血淋淋的狗皮及毛團，被扔在塵土飛揚的地上。

群眾歡呼，也有急忙離開座位或轉頭嘔吐的人，沒有嘔吐或離開的人們就像那隻病狗生前一樣，瞪著充滿血絲的雙眼，發出莫名其妙的聲音鼓掌。

禿頭男走入空地向大家問候時，拍手歡呼聲更響了。禿頭男拉著完全僵住、東張西望的他走出空地。直到那批小嘍囉拿著毛巾開始替他擦身體時，他才發現身上沾滿了狗的血與自己的汗水。

「做得很好。」

禿頭男非常滿意地笑嘻嘻說著。

「非常好，以後繼續這麼做就行了，雖然還需要稍微掌控一下力道。」

接著禿頭男用肥厚的白皙手掌溫柔地拍了他的脖子。雖然男人的手準確打中青年的疤痕，但因為接觸時間短，力道也不大，這點程度還不至於讓他嚇到。

替他擦乾身上汗與血的人們，又來替他送上水和肉乾。他大口狂喝水之後，才開始咀嚼肉乾。相較於一開始要帶走他，禿頭男使勁按他脖子上的疤痕，這次算是溫柔的輕拍。還有雖然不清楚原因，但他似乎明白這是他此生頭一回被人稱讚。

8

他在多個村子間漂泊，進行打鬥。縱然他自己不明白是怎麼回事，但他很會打。對手有大型犬、被活捉的狼，也對決過野豬，甚至還曾對付過熊，但無論對手是誰，他只記得恐懼、緊張以及全身碎裂般的痛楚及尖銳的斷裂音。雖然他不知道後來究竟發生什麼事，但每當他清醒時，野獸不是已被扭斷脖子，就是肚破腸流倒在遍地血海中。

「你要控制一下力道啊，要控制！」

禿頭男白胖的臉上掛著大大的笑容，習慣性叨唸一下。

「對付野獸時就算了，但如果對付人也這麼搞，後果恐怕承受不起。」

接著禿頭男看著青年只是一臉茫然地傻傻回看，完全無法理解自己說的話，便丟了一塊肉乾，嘻嘻笑著說：

「眞是個白癡，不過要讓他聽懂人話，也是有辦法的。」

禿頭男不知道去哪帶來一個跟他一樣是禿頭，但體型大上兩倍的肌肉棒子。

肌肉男的頭髮、鬍子，甚至連眉毛都剃光，整張臉非常光滑。他和禿頭男竊竊私語一陣之後，便走進空地站在他面前。

青年不知道該怎麼做，茫然地看著對方。和野獸對抗時，對手通常要不是眼睛發紅、一臉怒氣，就是嘴角吐泡沫或是張牙舞爪，攻擊的意向都十分明確，而青年除了閃躲或反擊之外，也別無他法。但與人對抗就完全不同了，全身毛都剃光的肌肉男就像禿頭男一樣笑臉迎人，甚至還有點溫柔地展開雙臂看著他。

「來吧！孩子，一起玩吧！」

因爲不曉得對方希望自己怎麼做，青年猶豫了。他看了看笑臉迎人的肌肉男，又看了看籬笆外的禿頭男。

禿頭男笑呵呵地用白胖拳頭比劃幾下。

「小子，撲上去啊！我叫你攻擊他！」

青年看得懂手勢的意義，雖然第一次和人類對抗讓他有點排斥，但他還是依照指示撲向剃光頭髮的肌肉男。

體型雖然龐大，肌肉男卻能敏捷地避開攻擊。青年再度轉身撲上，肌肉男熟稔地用左手掌撥開攻擊，他則因爲慣性而往前撲倒。肌肉男瞬間伸出另一隻手抓住他的後頸。

他全身僵住，在肌肉男的手掌按住他後頸疤痕的同時，瞬間失去所有移動的慾望。

肌肉男笑了，抓著他的脖子，像丟娃娃一樣把他丟出去。

他卡在籬笆木板上，雖然時間短暫，但他眼前一黑。好不容易才撐起身體後，他才發現自己的額頭和鼻子正在流血。

起身後，青年晃了晃頭，試圖讓自己清醒。當他眼睛好不容易找回焦點，肌肉男已來到他面前，完全不給他反擊的時間。肌肉男以摸小孩的頭的動作，攤開厚實掌心用力打了他的太陽穴，他再度重摔倒地。

他吐掉沙子和血再次起身。過往的對決從沒以這種方式進行過，他生氣地緊握拳頭衝向肌肉男。

肌肉男與一開始一樣輕巧避開，還趁機輕按他的後頸，被戲弄的感覺讓他更加生氣，但他即使撲上去也只是白費力氣而已。

臉和嘴沾滿了沙子和血，搖搖晃晃的他已是上氣不接下氣。可是肌肉男依然笑盈盈地看著他。

「比起幾下像樣的攻擊，白費力氣揮拳反而更累。」

肌肉男笑著說。

「因爲人要是一直揮空，心會更累的，你的心。」

他全沒聽懂，他只知道男人正在戲弄自己，憤怒的他忘了疲憊與喘不過氣，再次握緊拳頭撲向肌肉男。

肌肉男依然避開了攻擊，並且趁著他摔倒在地，用膝蓋壓住他的背，並朝著他的脖子出拳。在肌肉男拳頭的中指指節正要壓上他的後頸時，他聽見遠處傳來細微的破裂音。

肌肉男瞬間停止動作，拳頭停在準備攻擊的後頸之上。

他屏息等待。

聲音停下來了，再也沒有發生任何事。

肌肉男緩緩起身並向他伸手，但他沒有回應那隻手，以一己之力起身，看著這個景象的肌肉男又笑了。

在他喝水、吃肉乾的同時，他聽見肌肉男和禿頭男的對話。

「他如果沒辦法意識到對方要攻擊自己……」

「對啊，只要能延緩他意識到這件事的時間……」

「不行，這樣萬一出事……」

「不可能的，那個效果很好。」

談話過程中只要他們與他的目光對上，兩人像是約好一樣，都會對他露出笑容。禿頭男又多丟了點肉乾給他，肌肉男則是舉起手放到嘴邊，做出喝東西的動作，看到他不知所措的表情，兩個男人大笑起來。

9

幾天後又要出去對打了。在進入空地前，禿頭男遞給他一個裝有液體的皮囊，他不經意打開皮囊立刻撇過頭。那液體散發出刺鼻的味道。

他認識的液體只有水，但他很確定皮囊裡的液體肯定不是水。

他看著禿頭男，對方則是笑嘻嘻地回看他，並將手放在嘴邊，示意要他喝下。

「喝吧，這是好東西，你要多賺點錢，懂嗎？」

他猶豫了，男人用力按壓他的後頸，趁他無法動彈時，仰起他的頭，強行將那個灼熱液體灌進他嘴裡。他咳嗽時吐掉了一半，但也有一半已吞下肚。

「好，去吧！去攻擊他！」

禿頭男接過那個空皮囊，笑嘻嘻地說完就把他推進空地。

這次的對手是人，長相凶狠的年輕男人。短髮、額頭上有一道長長的疤痕，細長的小眼睛眼神十分銳利。

長相凶狠的年輕男人邁開大步走近他，他以爲對方要展開攻擊，下意識進入警戒狀態，但對方在伸手就能碰到彼此的距離之前卻退後了，接著是雙腿微張，前後搖晃身體，一下進入手臂可及距離又退開。

他被對方忽近忽遠的移動弄得暈頭轉向。當對方前後搖晃身體，量著距離卻突然出拳攻擊他的顴骨時，別說是反擊，他連躲都來不及就無力倒地了。籬笆外的群眾發出一陣噓聲。

他試圖站起來，但對方迅速上前踹了他肚子一腳。他試圖雙手撐地不讓自己倒下，但他感覺到方才喝下的液體正在肚子裡翻攪。當對手再踹他一腳後，他往前撲倒並把剛剛喝下的液體全吐了出來。

黏稠的綠色液體浸濕地面，也弄髒了他的嘴角，但不曉得爲什麼，觀眾們卻歡呼了起來。

他費力撐起身體，對方這回沒有攻擊，而是像剛才一樣前後搖晃身體並注視著他。

他看著對方，吐完後身體感覺暢快許多，暈眩症狀也消失了。他在對方進入手臂可及範圍時，自信地試圖出拳，但對方動作更快，長相凶狠的年輕男人移動靈活的步伐，鑽進他手臂內側，展開手掌並用大拇指及食指之間的虎口短而有力地攻擊他的頸椎。他瞬間感到窒息而往前撲倒，對方趁機往旁邊閃避，並試圖用肘關節攻擊他的後頸。

在對方肘關節即將打擊到他的後頸之際，他聽到斷斷續續的，像是石頭或鐵塊破裂的聲音，但這回不像之前那麼痛苦了。

對方的肘關節撞上了難以想像的堅硬物體，他同時聽見對方骨頭斷裂的聲音及哀號聲。

他撐起身體，爲了施展攻擊而伸出右手，但是發現右手腕依然拴著手銬，於是他放下右手，改以自由的左手掐住對方脖子。在他眼前，那條伸出的左臂上覆蓋著堅硬且閃閃發光的灰色鱗片，手與手指就像裂開的石頭，那隻堅硬的灰色手臂，完全不像人類的手臂，緊緊掐住了長相凶狠年輕男人的脖子。

這一切以很詭異的緩慢步調進行，他的手掐著對方脖子讓對方身體騰空，對方的臉一開始脹紅，接著變白，最後又臉色發藍。他就像在參觀別人打架一樣，看著一個個景象慢慢變換。

對面有個白髮蒼蒼的老人衝進來，接著禿頭男也衝進空地。他頭一次看到禿頭男臉上沒掛著笑的樣子，雖然他聽不懂耳邊響起的眾人聲音在說什麼。總之他依照禿頭男的吩咐，鬆開掐著對方脖子的手。

他的手指頭詭異地一根根慢慢鬆開，對手翻著白眼，搖晃倒地。白髮蒼蒼的老人不斷大聲說著什麼，拖著失去意識的年輕男人離開空地。群眾看著這個場面，一面瘋狂發出不知所云的尖叫聲。

他獨自茫然地站在空地，看著籬笆外瘋狂的群眾。禿頭男走到他身邊，舉起他的右手。

伴隨著歡聲雷動，有些閃亮堅硬的小東西也跟著傾瀉而下。禿頭男再次變回笑盈盈的臉。在禿頭男撿拾那些閃亮堅硬碎片的同時，他不知所措地放下自己的手。

他的手又恢復正常了，手臂也是。

但他直到現在才想明白，才能把斷斷續續的斷裂音，緊接著感受到斷骨般的痛楚，以及沿著手腳、脊椎和頸椎延伸而上的三角形疤痕長出像灰石般的鱗片連結在一起。雖然他無法說明自己到底理解了些什麼，但他有種終於解開一個巨大謎團的感覺。

禿頭男將人們丟進場內的閃亮堅硬小碎片撿起來，把腰間的口袋裝得鼓鼓的，雙手也抓得滿滿的。禿頭男笑嘻嘻地拉著他離開空地，接著禿頭男和小嘍囉光速收拾行李，離開了村子。逃跑的同時，禿頭男還是笑咪咪的。

他們逃了一整天，最後抵達的地方是一家偏僻酒館。解開行囊之後，禿頭男和其他人開始喧鬧喝酒。他窩在綁在外面的馬車貨艙內打盹，最後倒在稻草堆上睡著了。

他感受到有人碰觸自己的身體。從睡夢中醒來後，禿頭男在他右手腕的手銬扣上鐵鍊，將鐵鍊鎖在高舉過頭的地方。正當他想起身，禿頭男迅速按住他的後頸，他再次乖巧地坐下。

禿頭男遞給他一個小碗。

「喝吧。」

他下意識湊近，但又不自覺撇開頭。這和早上喝的綠色液體差不多，但刺鼻的味道有點不同，那個令人頭暈作嘔的味道又讓他不禁皺起眉頭。

「快喝！」

禿頭男緊抓著他的後頸，把他的臉塞進碗裡。

他無力地搖晃著左手，右臂被手銬和鐵鍊纏住，只能發出刺耳的鐵塊撞擊匡啷聲。禿頭男用力掐著他的後頸，又往後拉起他的頭，讓他把所有液體都喝下肚。他打了個寒顫，雖然咳了幾下，但跟早上一樣，已有大半液體順著他的喉嚨下肚。

禿頭男面無表情地看著痛苦咳嗽的他。

「要是你剛才沒喝那個藥，那個傢伙就會被你弄死，你知道嗎？」

他被禿頭男與平常截然不同的語氣嚇到，他抬起頭看著對方。

「今天是你走運，那傢伙沒死，才能賺到錢還順利逃出來。萬一對方當場死亡，你跟我就會死得很難看，懂了沒？」

他傻傻回看但無法回答，禿頭男甩了他一巴掌。

「懂了沒?!」

禿頭男再次威嚇他。

雖然他因爲突然被賞耳光而惱火，但仍舊無法動彈。即便臉上已經脹紅發熱，他的手腳卻沒什麼力氣。

「以後給你什麼就吃什麼，別想要詐或吐掉！」

中年男人大聲嚷嚷後，搖搖晃晃地下了馬車，再次回到酒館。

10

自從開始在對決前都要先喝下禿頭男給的不明液體，他的身體也逐漸垮了。

雖然因爲常喝味道刺鼻的液體，嘔吐次數已因習慣而減少，但頭暈作嘔的感覺卻越來越強烈。強忍乾嘔搖搖晃晃地與人對決，當然會一直單方面地挨打。而且由於身體狀況持續惡化，他也越來越難以從液體造成的後遺症中恢復過來。

當然，他知道每到最後關頭，「那個」所留下的疤痕總會冒出堅硬鱗片保護他，但精神恍惚、反應變慢的他，啓動防禦機制的速度也變得越來越慢，氣虛且身體逐漸垮了的他，再也不能像過去一樣憑感覺來進行有力的反擊。

在與臉上帶著虐待狂笑容、皮膚白皙的紅眼巨人對抗那天，他差點丟了小命。白膚的紅眼巨人像是貓玩弄老鼠一樣，按部位拳打腳踢，讓群眾們的興致維持在高點。對方會假裝要攻擊似的誇張上前，卻在他搖晃撲上時，又躲到一旁向觀眾打招呼，並接受大家的掌聲洗禮。紅眼巨人始終得意洋洋，在那個像是永無止盡的對決中，巨人準備朝著奄奄一息的他進行致命一擊。

後來，他就只記得當時背上長出像是黑色翅膀的東西，然後他使勁爆打剛剛還想扭斷他脖子的巨人。巨人碩大的身體飛出擂台，這出乎意料的勝負逆轉令全場大躁動。翅膀瞬間消失，他覺得血流從自己臉上退去，整個人幾乎要昏倒。

此時，禿頭男迅速衝進場內架住他的手臂，撐住他的背，以免他暈過去。禿頭男舉起他的手向群眾致意，並開始撿拾群眾丟進場內的錢幣。他因爲禿頭男的支撐才好不容易忍住作嘔的感覺，但卻覺得世界天旋地轉，五臟六腑絞痛難當。

「就是這樣！我就是要你像今天這樣！眞的太精采了，我還以爲今天輸定了，最後那個翅膀眞的！你是怎麼辦到的？是不是用了什麼技倆？算了，是什麼都沒關係，你以後就繼續這麼做吧！」

在離開村子的馬車裡，禿頭男開心地數著錢幣。

青年完全聽不懂禿頭男說的話，這時的他也根本沒力氣去理解或專注聽對方在說什麼。只要馬車晃動，他的胃就不斷翻攪；每當脈搏跳動，腦海就會出現某種東西膨脹的痛楚。

那天晚上，他看著自己被鐵鍊拴住、綁在馬車貨艙上的右手手銬想，該再計畫一次逃亡了。

11

要找到機會並不容易。

從早到晚，他都被禿頭男及其同夥包圍，晚上則是所有人都縮在馬車的貨艙睡覺。如果運氣好，那天錢賺得比較多，他們就會將青年關在馬車貨艙，一群人外出去喝酒。但青年的右手總是有鐵鍊拴著。

最重要的是他開始沒了元氣，現在就連沒喝不明液體的時候，也老是覺得頭暈想吐。每當坐起身時，或是從暗處走到稍微明亮的地方，他就覺得一陣天旋地轉。

在某次對決中，他甚至完全無法使出像樣的攻擊，只能像跳舞般搖搖晃晃移動，整場都在挨揍，並在群眾的噓聲與嘲笑聲中昏倒。這之後禿頭男有好一陣子都沒再逼他喝藥。但他的身體早已千瘡百孔，即便如此他仍必須踩著搖晃步伐、忍住反胃噁心，繼續馬不停蹄地與人打鬥。

禿頭男棄他而去的原因是，某天他再也無法好好站起身來，無論怎麼揍怎麼踹，甚或是按壓他的後頸，他也無法站起來。禿頭男呸一聲吐了口口水，指使小嘍囉之一將他扛進山裡。深入森林後，禿頭男的部下把他丟在樹下就轉身離開。

他躺在地上看著天空。雖說是天空，但也只是高聳入雲的茂密樹頂間隱約可見的藍色碎片罷了。

看著靜止的藍色碎片，聞著遍布地上的落葉味道，他胃裡無止盡的噁心感竟莫名地緩和下來。他變得恍惚慵懶，就這樣持續躺著。

樹頂之間的藍色碎片開始變得模糊，變成灰色、深灰色，接著下起雨了。粗大的雨滴無情地落在滿地的落葉上，打在他的臉及身體上。

淋著雨，他感到寒氣入侵。隨著雨勢加大，四周撲鼻而來的潮濕土味及濕透的落葉味道又讓他覺得噁心想吐。瑟瑟發抖的他突然彈起身，像是要把五臟六腑都嘔出來一般用力吐。他用盡這殘破身軀僅存的最後一絲力氣，認真地吐了好久好久。吐完，又再抬頭看向下著雨的天空。雨水順著臉頰滑落流進他嘴裡。他喝著雨水，甘甜又舒暢。

他站起來，身體雖很冷，但冷颼颼的寒氣以及讓內臟糾結的疼痛竟逐漸消失了。他開始步行，朝另一頭走，與帶他來此的男人離開的方向恰恰相反的路線。

12

他在山裡徘徊了四天，除了雨水及少許的草葉之外，吃不到其他東西，但他繼續一直走。

到了第四天的傍晚，他終於脫離森林，並發現了一個村子。他腦海裡第一個浮現的念頭不是活下來了或好開心，而是覺得莫名熟悉。森林入口的岩石、綠褐色的泥土與灰褐色的樹幹，以及村子裡一排排的房子，都讓他產生強烈的既視感，並感到懼怕起來。

但他沒空去多想，爲何這村子如此眼熟？他是在何時何地看過這個景象？在森林裡沒日沒夜走了四天的他，此刻最需要的是飲食與保暖。

於是，他走進眼前這個莫名眼熟的村子。

他身上是出去對決時的裝扮：只穿了一條顏色華麗且單薄的褲子，沒穿鞋子和上衣，也因此他手臂及背上的疤痕可以一覽無遺。

夕陽以多樣明度與彩度的紅，融入地平線、散布在雲朵間；村中屋舍的煙囪冒出陣陣炊煙，家家戶戶都在準備晚餐。食物的香氣讓他腸胃咕嚕嚕叫，引他走進屋舍之間的巷子。

剛工作回來的人們停下腳步看著他。在令人緊張的沉默中，他瞪大眼睛看著那些滿臉警戒盯著自己看的人群。他想起了逃出「那個」所在的洞窟，第一次踏入人類世界的那天。與當時不同的是，現在沒有跑來個禿頭男親切地握住自己的手。

沒有任何人提供他飲食或保暖。他若想踏進誰的家，女人一看到他肋骨上的疤痕就發出尖叫，還有拿著鋤頭和耙子或其他工具的農民一臉凶狠地衝出來威嚇他。他退縮了，他用雙臂盡可能擋住身上的疤痕並加快腳步離開。

他像逃亡一樣遠離村子並嘆了口氣。要再回山上嗎？他完全不知道怎麼在山裡或森林裡求生，該怎麼生火，該去哪裡覓食等等，他一概不知。

他可以像以前那樣靠生肉和草填飽肚子，現在再重回那種生活也不是不行。尤其是他根本不曉得再踏進一座村子後，又會發生什麼事？總之，他決定朝著被黑暗籠罩的森林前進。

順著通向林間的小路往上爬了一會，他發現黑暗中有個像屋頂的圓形物體。走近一看，還眞是個屋頂，而且不只有屋頂，是一整棟房子。只是在夜色籠罩下，又沒亮燈，讓他以爲這是個廢墟。

他很開心，有地方睡覺了。雖然肚子很餓，但現在天色已暗，他決定先在這裡度過今晚，等天亮再去覓食。

他靠近那個小屋，推開木門時發出嘎嘎聲響。

黑暗中有個白色形體靠近他，把他嚇了一大跳，忍不住倒退幾步卻不小心絆倒了。

「哥哥？」

白色形體問。

他不知道該怎麼回答。

13

女人伸長手臂在黑暗中摸索。

「哥哥？」

女人再次呼喚。

他緩了口氣，慢慢站起來。

「哥？你爲什麼不回答？」

女人靠近，伸出手指摸了他的臉頰。

他一動也不動，女人毫不遲疑地撫摸著他的臉。

他閉上眼。

……他人生中最甜蜜的瞬間就在女人的驚叫聲中結束了。

「你是誰？」

女人大叫，在他驚慌失措的同時，女人伸長手臂在眼前亂揮，不停尖叫。

「你來這裡做什麼？你把我哥哥怎麼了？」

他糊裡糊塗抓住女人在空中揮舞的雙手，女人又更用力尖叫，他把女人轉過來摀住嘴，並將掙扎的她拉進屋子裡。

「放開我。」

他推開門，跨過門檻的同時，女人突然不掙扎了，他也嚇了一跳停止動作。

女人輕聲說。

「我不會亂叫了，會照你說的做，先放開我吧。」

於是他放開了女人。

女人小心翼翼地站直，伸手在四方摸索後，退開一步。

「所以你想要什麼？」

女人冷淡地低聲問。

「你把我哥哥怎麼了？」

他根本不認識女人的哥哥，也不是要來害她的，雖然他很想這樣跟對方說明，但他不知道該怎麼表達，於是只好又上前一步。

突然他不知被什麼東西絆了一下，短暫失去重心，嚇得他驚叫出聲，同時間黑暗中冒出個堅硬東西敲在他的頭頂上。

他昏倒了。

14

他醒來時四周很明亮，他試圖起身但無法動彈，雙手都被綁在身後。眼前站著一個年輕男人，是個非常眼熟的人。

「你來這裡做什麼？」

年輕男人問。

「你是打算對我妹妹幹什麼好事才追來這裡？說啊！」

他不曉得年輕男人就是女人的哥哥，他也不是爲了幹什麼好事才來這裡，於是他死命搖頭。

年輕男人並不理會，眼神和語氣變得凶狠。

「是那個怪物派你來的吧？他叫你來殺我妹妹嗎？還是叫你帶她回去？」

聽到「怪物」的瞬間，他瞬間呆滯。

年輕男人知道有關「那個」的事，怎麼會？就連禿頭男、他的同夥，以及到目前爲止遇見的所有村民，都沒有人知道「那個」的事情。

年輕男人對他呆滯的表情似乎有不同的解讀，並朝著他的臉揮拳。

「快說！」

年輕男人大吼。

「你來這裡做什麼？到底想對我妹妹做什麼事才追來這裡？」

年輕男人不給他回答的時間，再次揮拳朝他臉上招呼，他感覺到嘴裡滲出微鹹的液體。

「快回答！」年輕男人說，同時又揍了他一拳。

青年的眼前一陣發黑。在看到男人再度準備出拳時，他瘋狂搖頭並將身體往後縮。然而，比起被誤會他是要來害人，比起聽到有人認識「那個」而帶來的震驚，最令他氣惱委屈的是，在他想回答時，卻總是被朝自己揮來的拳頭打斷。

「哥，別打了。」

年輕男人和他同時轉頭，他最先看到的是女人的瞳孔。

女人的瞳孔是沒有焦點的淺灰色，但似乎並非天生如此，比較像是長出薄膜讓瞳孔變得混濁而形成這個顏色。

他覺得女人的眼睛很美。

女人比起他過去見到的所有人都美。

「如果是壞人趕出去就好啦，別打他。」

女人溫柔道。

聽到女人的話，年輕男人嘆了口氣。

「嗯，那就趕出去吧。」

接著年輕男人揪著他的衣領讓他站起來，拖著他走到外面。

他轉頭看向那個女人。女人正用那雙灰色無神的眼睛，擔心地凝視著她根本看不見的前方。

年輕男人一路拖著他來到森林入口，一鬆手就把他往森林裡推，接著朝失去重心站不穩的他的腹部踹了一腳，看著倒地呻吟的他，年輕男人說：

「你回去轉告那個怪物，我妹絕對不行。雖然我不知道這是怎麼回事，總之我妹絕對不行！」

然後男人轉身準備回家。

他抓住男人的腳。

年輕男人轉身，狠踹了他的臉。

他倒地咳嗽，吐出嘴裡的瘀血。

當年輕男人再度轉身準備離開，他又抓住男人的腳。

雖然他很害怕，但這回男人沒有踢他了，一臉狐疑地俯視著他。

「你到底要幹麼？」

他微微抬頭看向男人，用手做出抓食物放進嘴裡的動作。

「你要討吃的？」

他點點頭。

年輕男人無言地笑了，然後再次準備出腳踹他。

他雙手抱頭但沒有逃走，用他能想到最最卑微的姿勢趴在男人面前。

「你是白癡嗎？要來把我們抓去送給怪物當祭品的人，還想跟我們討食物？」

他抬眼看，並且拚命搖頭，再次用手做出抓食物放進嘴裡的動作。

男人看著他好久。

「你眞的是白癡吧？」

他沒有回答，只是一直做出把食物放進嘴裡的動作。

男人抓著他的後頸，讓他站起來。

「就這一次。」

男人拖著他說。

「我只會給你這一次，吃完就滾，走得遠遠的不要再回來！」

15

他沒有遠離灰眼女人及哥哥的家。

女人一送來食物，他就狼吞虎嚥吃光光。一吃完，女人的哥哥就帶他去家後面的倉庫，沒有任何說明，理所當然地將鐵鍊扣上他右手手銬，牢牢拴在倉庫裡的橫桿並上了大鎖。

「你別想跑出來幹什麼好事。」

接著女人的哥哥就離開了。

早晨，女人的哥哥來替他解開手銬，但他依然坐在倉庫裡磨蹭。在女人的哥哥要趕走他時，他四肢並用努力表達自己無處可去。當女人的哥哥發火舉起拳頭時，他也沒有閃躲，而是躺在地上演出一副可憐兮兮的模樣，苦苦哀求讓他留在那個地方生活。

「快老實說，你到底從哪裡來的？」

男人問問題時，他只是努力搖頭。

「你來這裡幹麼？到底想對我妹妹做什麼？」

拋出這幾個問題的同時，他又多挨了幾下拳頭，但他始終搖著頭，於是女人的哥哥終於確信他就是個傻啞巴。

一開始他都坐在倉庫裡，後來女人的哥哥把他拖到外面，給他一套比較厚且實用的衣服，取代原本身上那件華麗薄褲，接著帶他進入森林。關於他那身特殊服裝及右手的手銬，女人的哥哥打從一開始就沒過問。

他跟著女人的哥哥摘了一些菇類及果實。女人的哥哥還會狩獵小動物，但他對狩獵卻是一無所知，應該說他對於生活所需的實用知識一概不知。由於他對每件事都很生疏，所以常常挨揍，邊挨揍邊被咒罵，他既不會躲也不會逃。

他唯一知道的就是什麼草能吃，如果偶爾發現香味不錯的藥草也會帶回去，連同菇類或果實一起送給女人。女人一直躲避他並試圖保持距離，但唯獨在收到這類禮物時，她似乎會稍微開心一點。

在森林裡打轉時，如果女人的哥哥難得心情不錯就會教他不少事情，甚至還會哼歌，而他一律只用點頭或搖頭來代替回答。晚上吃飽飯後，女人的哥哥會理所當然地帶他回倉庫，用鐵鍊將他鎖在裡面，並從倉庫外鎖上門，他也乖乖順從女人的哥哥的指示。

女人的哥哥沒留意到，倉庫裡的橫桿末端腐朽了，只要稍微搖晃就能輕易掙脫。他抽出鐵鍊解放右手後，並沒有走到倉庫外，而是在倉庫內四處晃。倉庫裡散落著稻草堆、繩子、木棍、各種農具，以及他並不熟悉的雜物。他在那些物品間繞來繞去時，從窗戶聽見女人與哥哥的對話。

「總不能一直把人當成野獸關在倉庫裡吧？」女人說。

女人的哥哥用沉重的聲音回答：

「他是從怪物那裡逃出來的傢伙，不能讓他進我們家，也不能讓他在這裡待太久。」

「從怪物那裡逃出來？你怎麼知道？」女人問。

女人的哥哥低聲道：

「看他身上的疤痕就知道了，會在祭品身上留下那種疤痕的就只有怪物而已。」

他覺得自己幾乎要窒息了，但努力不讓自己發出聲響，繼續聆聽。

「要不是來找取代他的祭品，就是不懷好意要對世界復仇，不管是哪一種，對我們而言都沒好處。」

「那該怎麼辦？」女人顫抖地問。

女人的哥哥安撫她：

「別擔心，就算是這種傢伙也有可用之處，我過陣子再聯絡認識的人把那傢伙帶走。」

「聯絡誰？要帶去哪裡？」女人擔心地問。

女人的哥哥又說。

「我會自己看著辦，妳不用擔心這些，夜深了，快睡吧。」

對話到此結束。

他終於明白爲什麼會覺得女人的哥哥眼熟了。剛逃出「那個」所在的洞窟，抵達第一個村子時，禿頭男跑來找他，當時在一旁跟禿頭男對話的年輕男人，就是女人的哥哥。

他可不能再回到天天打鬥的生活，他沒辦法再撐下去了。而他也必須知道，怪物究竟是什麼，爲什麼會需要祭品。以及他自己是誰，爲什麼會被選爲祭品。

在他思考這些問題時，倉庫的門開了。灰眼女人靜靜地走進來了。

16

他大吃一驚，發不出任何聲音，只能呆呆站在原地。

他想起自己剛剛隨便將女人的哥哥綁住的鐵鍊鬆開，便急忙回到原位試著把手綁回去。只是鐵鍊纏成一團，一拉動便發出清脆響亮的撞擊聲，還滑落地面，他急忙將地上的鐵鍊撿起來，然後才想到女人的眼睛根本看不見。

「你在那嗎？」

女人露出微笑，他點點頭但又想起女人看不見，就在心裡咒罵自己，並改以鐵鍊弄出聲響。

「你眞的是從怪物那裡逃出來的嗎？」

他再次拉了鐵鍊，響起沉重的鐵塊撞擊聲。

「你是來找我報仇的嗎？」

他不能理解，呆呆看向女人沒有焦點的灰色眼睛。

「你是因爲我才被獻給怪物的吧？」

他漸漸慌張，完全無法理解，只能看著女人的白皙臉龐。

女人走近一步，在他退開之前，女人輕輕將手放在他的手腕上。

她的手指細長且柔軟，他想起第一次來這裡時，她誤以爲自己是哥哥而摸他臉頰時的觸感。

「坐吧。」

女人說。

「我講給你聽。」

17

很久很久以前，所有的傳說都是這麼開始的。

很久很久以前，有些地區每隔幾年就會出現瘟疫。大家認爲瘟疫是居住在最高峰上最深處洞窟的怪物造成的，長得像巨大烏鴉的怪物每隔幾年覺得肚子餓時就會離開巢穴，在地區上空盤旋並吃掉所有樹木及稻穀。因爲怪物一張嘴就會噴發劇毒，所以每當牠出沒時，聞到空氣中毒氣的動物及人類都會因此染病，大家也因此把這個情況視爲瘟疫。

所以人們開始主動獻上祭品，避免怪物又因飢餓出來作亂。村裡的巫師說，最好的祭品是還無法區辨性別的小孩子。所以當人們發現空氣開始混濁，村民和動物又開始生病時，就會把小孩子送進山裡的洞窟。這個習俗流傳已久，後來就算是沒有瘟疫時，只要村裡有哪戶人家的誰生病了，就會將小孩子送進洞窟裡，祈禱生病的家人早日康復。

「雖然不是瘟疫年，但我從出生就有病在身。」女人幽幽地說。

「也是因爲那個病，我才看不見的。巫師說如果放任這個病不管，它會擴散到全身，會變得又聾又啞，變得無法自己行動，甚至無法呼吸，到最後痛苦死去。」

女人的聲音變得低沉。

「所以爸爸跟哥哥就到外地去抓沒了父母的孤兒，送進洞窟。」

女人輕聲說。

「那個人就是你嗎？」

他無法回答。

女人等了一下，因爲他始終沒有回答，女人又問。

「你還在嗎？」

他勉強地搖晃鐵鍊發出一點聲響，女人繼續說。

「我不曉得有這種事，是後來聽大人說才知道。雖然當時的我也只是個孩子，但竟然是因爲其他孩子的犧牲，才讓我撿回這條命，這事一直讓我覺得很痛苦。」

他沒有發出任何聲音，女人輕聲地說。

「在送上祭品之後沒多久，爸爸就因爲意外過世了。當時我們覺得那場意外是被當成祭品的孩子在對我們家復仇，但其實該被報復的對象應該是我才對。」

他摸著鐵鍊，不發一語地看著女人。

「所以說……如果你是來報仇的，那就隨你的心意去做吧。」

接著女人又閉上嘴。

他沉默，等了片刻，女人又問：

「你還在嗎？」

他把鐵鍊丟在地上，雙手捧著女人白皙的臉頰，吻了她。

18

翌日早晨，女人的哥哥開了倉庫的門，發現女人獨自坐在空蕩蕩的倉庫裡哭泣。

「那個人去殺怪物了。」

女人邊哭邊說。

「他說不是我的錯，也不是我壞心，是怪物讓人們的身心生病，還殘害別人家小孩，他說他要去殺死怪物……」

女人的哥哥抱著女人安撫她，並帶她回家，他不曉得該爲剛才聽到的消息感到開心，還是該擔憂會有後患。

19

他靠著久遠的記憶摸索上山，女人說的話不斷在他腦海中迴盪著。

「外地沒有父母的孤兒」，聽到這句話讓他有點失望。如果他被抓的時候，女人的哥哥也在場，至少還能問出自己是在什麼狀況、從哪裡被帶走的。就算只有那一點程度的線索，搞不好他還有機會找出自己的故鄉及父母，甚至是自己的名字。

其實他根本不知道該怎麼做才能殺死「那個」，也不是有了什麼具體計畫才踏上這條路，但反過來想，他的人生中哪有過所謂的計畫，所有事都是意料之外的。

不要被「那個」抓住、殺掉；要想盡辦法活著回來。

就跟當初受困在洞窟一樣，活下去就是他的目標與計畫。

站在洞窟入口，他這麼下定決心。

然後走進洞窟。

20

他的眼睛已適應外面的光線，再次面對洞窟內的全然黑暗時，他慌張了一下，但他依靠四肢的感覺緩緩向前。

他覺得人的記憶眞的很奇妙。女人從小就擁有爸爸與哥哥，有擔心她生病的家人，能好好住在家裡，安心過生活。至於他，就只擁有潮濕洞窟、四面硬邦邦的石壁、手腕和腳踝拴上鐵鍊，以及扣住鐵鍊的鐵樁。每個人都只有一次童年，比起那些懷抱希望與夢想的孩子，他的每一天想的就只是如何活下來。在洞窟度過的日子裡，他沒有一次想過自己可能擁有完全不一樣的童年。

而現在他又重返洞窟了。不管從理智或感情面來看，他都無奈地察覺到那股沉睡在他體內的感覺又復活了。洞窟曾是他的全世界，不論他願不願意，他都清楚記得石壁的皺褶，地面的小凹凸。

對這裡如此熟悉的他，會不會也算是洞窟的一部分呢……

浮現這個想法時，他摸到了鐵樁。

他刻意帶著女人的哥哥扣在他右手手銬上的鐵鍊。在抵達童年時期的監獄後，他將鐵鍊放在鐵樁附近，就像小時候常做的那樣，在鐵樁旁縮成一團。那是他的位子，到現在還爲他空出的位子。如果他幸運成功除掉「那個」，未來就再也不會有任何人被關在這個位子。

看似白點的洞窟入口被一個黑色物體擋住，他聽見沙沙聲和翅膀摩擦的聲音。

他抬起頭，在黑暗中凝視著它。

他在洞窟的歲月裡，始終未曾看出「那個」究竟長什麼樣子。當時「那個」總是突然出現並擋住洞窟入口，接著爬上他的背，用翅膀和腳趾壓住他的四肢，用尖利的喙插進他的骨頭之間。

這回「那個」也試著爬上他的背，但當它發現他已不再是個小孩並且身上穿著衣服，「那個」彷彿在嘲笑他一般地開始撕扯他的衣服，尖銳的腳趾撕破了他的衣服和皮肉，雖然痛到想哀號但他忍住了。

「那個」的喙不會一直攻擊同一個地方，他的脊椎骨、四肢及肋骨都留有牠造成的疤痕，因此「那個」必須找到沒有傷口的其他部位，而他將所有希望都放在那個瞬間。

「那個」用爪子扯破他的衣服，壓住他的脖子準備啄他了。他有點緊張並緊閉著眼。

如同預期，「那個」看到他的脖子已有滿滿疤痕就收手了，順著脊椎骨往下，發現連四肢和肋骨也都有疤痕後，「那個」開始試圖用喙和腳爪撕裂他的褲子。他躺在地上扭動上半身，揮出與右手手銬連結的鐵鍊。

黑暗之中，沉重的鐵鍊劃破潮濕的空氣，飛出去的鐵鍊重重撞上某個東西，發出具威脅性的聲響。雖然並不曉得究竟撞到什麼，但他聽見一個清脆響亮的斷裂聲，接著出現震撼洞窟的怪聲及撲鼻的惡臭。他瞄準惡臭之處的正下方再次揮動鐵鍊。

足以撼動洞窟且令人產生耳鳴的怪聲再現，下一秒他發現自己抓著勾在「那個」腳爪的鐵鍊凌空翱翔。

「那個」很漂亮。頭一次在陽光下好好看著「那個」的模樣，他不自覺這麼想，眞是既奇異又美麗的生物。

陽光下的「那個」不是黑色而是深灰色。灰色羽毛散發出精煉鐵無生機且冰冷的光澤，腳爪和喙是銀色的。銀色的喙中間有一段雖短但深邃的紅色斑點，他推測那應該是剛才被他揮舞的鐵鍊敲出來的痕跡。

「那個」的藍眼正在俯視著他，蔚藍深邃、清澈且殘酷的眼神，足以帶給初次面對的人相當大的衝擊。

他將鐵鍊纏得更緊，並試圖抓著「那個」的腳往上爬，但鐵鍊另一端的釦環擦過「那個」腳爪的瞬間就被截斷了。

釦環已斷，要是連鐵鍊也鬆開，他就會從半空中墜落，縱使這回能像上次那樣大難不死，但萬一讓「那個」飛得太遠，他這一路走來的努力就沒有意義了。他死命抓著「那個」光滑的銀色腳爪，一邊留意不被腳趾劃傷，一邊努力往上爬。

此時，「那個」回頭，無情地啄了他一口。

鋼鐵般的喙從肋骨一路往下啄到他的腿，他覺得自己死定了，然而「那個」並沒有吞掉或拋下他，雖然很痛，但這個啄法也不會致命，看來是要帶著他去哪裡。

就在他這麼想的同時，「那個」將他拋到半空，改用喙叼起他。他以仰著朝天的姿態被叼著，正面迎向「那個」的蔚藍眼睛。

如果動物的眼睛也能傳達情緒，就他的解讀，那雙眼睛裡出現的，無疑是滿足。跟人類不同的是，動物不會從嚇唬或折磨對方獲得快感。對野生動物而言，其他動物的存在，要不是獵物，就是要來獵捕自己。要是牠們能把對方抓在手中，就能確定自己沒有危險。而且牠們並不關心獵物的感受，只要知道獵物還在掌握中，就會覺得滿足。

「那個」突然大轉向，開始朝著洞窟的方向飛行。

他沒時間多想，立刻奮力揮舞右臂，連接右手手銬的鐵鍊瞬間直直擊中「那個」的藍眼睛。之前被牠爪子掃斷一大半的鐵環全斷了，導致鐵鍊下半部有一半嵌進「那個」的眼睛。

「那個」邊發出撼動天地的怪叫，邊向旁邊轉了一圈。突如其來眼瞎的痛苦嚇得「那個」全速飛向洞窟入口山脊旁的懸崖。

21

他其實也不知道自己怎麼還能活著，但他雖然被折斷的樹枝、樹葉、野草和草叢埋住，卻還留有一口氣在。

他試圖起身，可是身體右半邊非常疼痛，右腿也無法移動。他從折斷的樹枝裡找到一根相對較粗的樹枝當拐杖，小心翼翼地緩緩起身。

大鳥撞上懸崖，因脖子折斷而慘死。

他看著那雙已失去生命的蔚藍眼睛與巨大銀喙，伸展的翅膀足以包覆一整座山那麼寬，但現在雜亂的鐵灰色羽毛卻像一塊皺巴巴的布。

他站著看死鳥，看了好久。

既然鳥死了，牠再也不會奪走他所擁有的東西了。那隻鳥留給他的，就只有身爲祭品時，在他身上啄出的疤痕而已。

這個事實也讓他非常遺憾。

雖然不知理由爲何，但他希望鳥可以復活，希望牠不要這麼輕易死掉，他又在那裡凝視著死鳥的蔚藍眼睛好久好久。

接著他向著女人所在的村莊，一瘸一拐地緩步前進。

22

抵達村子時，已經薄暮低垂。空中的橘紅太陽散成一塊塊碎片，融於五顏六色的雲朵之間，這樣的景色他始終百看不厭。

他穿過村子，走向後山森林，路上沒有任何燈光，應該是女人的哥哥去了森林還沒回家，畢竟失明的女人並不需要燈光。想到這裡，他加快了腳步。

他在開門前先喊了女人的名字，因爲他不想突然開門嚇到她。

但裡面沒有任何聲音，他打開門。

坐在桌前的女人聽到開門聲站了起來，一邊走近一邊向他伸手，他也欣喜地試圖牽住女人的手。

就在他的手指碰到女人指尖的同時，女人化爲數千個泡泡飄散在空中。

23

他目瞪口呆地站在門口，依然維持著想牽起女人的手的動作。

後方傳來像是野獸嚎哭的聲音，他轉頭。

女人的哥哥舉著打獵用的刀撲向他。

千鈞一髮之際，他避開了攻擊。

雖然他試圖說明，但女人的哥哥不想聽，況且他也實在不知道這是怎麼回事。

女人的哥哥控制不住自己的力氣，衝到他旁邊後又轉身，再度邊怪叫邊舉著刀撲上來。

他抓住男人的手臂，試圖抓住對方手腕奪下那把刀，但他無法壓制發狂的男人那一身怪力，再怎麼想盡辦法阻擋，對方舉著刀的手仍一吋吋朝他的脖子靠進。

刀刃已貼上他脖子，他感受到自己的肉被劃開，血流出來了。

瞬間，他看見自己抓著男人手腕的手正在變灰。

男人的手腕開始向外歪成詭異的姿勢，白骨穿透了皮肉。男人驚叫著抱住被折斷的手臂在地上打滾。

他俯視男人，男人眼中顛狂的怒氣已消逝，瞳孔裡匯集的是恐懼。

那是他記憶中最後的片段。

24

再次醒來已是隔天早晨了。

女人與她哥哥的房子消失得無影無蹤。房子後方原本是倉庫的位置，周遭遍布應該是男人屍體的碎塊及大量血跡。他實在不忍看，轉頭快步離開了那裡。

當他順著山路下來，發現村子已成了一座廢墟。

直到昨天爲止都還有房子，還有人往來行走的道路旁，還看得到一棵貌似在此地生長了數百年的古樹。原本是籬笆的位置長滿茂盛的草叢；鐵匠鋪的位置只剩乾涸的草地；村民幾乎都不見了，僅存的兩三人一臉茫然地在曾經是家園的地方徘徊，但一看到他出現就嚇得一溜煙逃走了。

他很絕望。

他想要的並不是復仇，至少他根本不想要這種復仇，他不曉得整個村子都是依靠著「那個」而生存下來的。

即使這是合理的結局，他也無法壓抑內心湧出的失落感。他的童年被不認識的人的巫術、幻想、錯誤的盲目迷信奪走了。雖然每天都站在生死的十字路口，但現在那些都已經沒有任何意義了。他哀悼著那長久以來的痛楚與絕望，在變成廢墟的村子哭了。

在他眼淚止住時，為了尋找世上某處可能存在著屬於他的人生，他朝著太陽升起的方向開始緩步前進。

我快樂的家

「所以說你應該要賠償那三千萬韓元的差額才合乎道理啊！」

血腸湯店主說話混雜著敬語與半語。*

「你們還年輕，不懂人情世故，但如果連這點小事都辦不到，豈不是讓所有人都很難堪嗎？」

老店主這麼說的同時，意味深長地看著坐在一旁的男人。穿黑衣的男人則是看著女人和她的丈夫點點頭，接著不發一語地笑了。

「不是啊，老先生！」丈夫抗議。

「權利金應該是承租人之間的非正式交易款項啊。在法律上，這跟房東沒有任何關係。三千萬韓元說來容易，但也不是什麼小錢，換作是你，你能這麼輕易就給錢嗎？」

女人的丈夫對著恐嚇犯與他的解決師，也就是所謂的黑道，鄭而重之地稱呼他們「先生」，女人則是心不在焉聽著丈夫用顫抖的聲音說話，一邊照顧孩子。孩子

---

*韓語可分為敬語及半語（平語），敬語多於初次見面、對方年紀較長或社會地位較高時使用；半語通常只在對比自己年紀小或同齡的朋友，或較親近的關係中使用。

從店的一角用手掃過牆面走著，還摸了摸鞋櫃上的假花盆栽，但他沒有跑出去，孩子和女人對視笑了一下，女人也對他露出微微一笑。

結婚的第七年，女人終於把債務還清了。雖然夫家多少幫了點忙，可是債務畢竟是債務。雖然她因爲聽說要想長期在家照顧孩子，就要選大房子，但這個決定終歸是太勉強了。這七年賺的錢就是一直往銀行裡送，送一次傷心一次。每個月痛一回，熬過七年這段不算短的日子，現在終於一切都順利解決了。盼了七年，她終於擁有這間完全屬於她和丈夫的公寓，於是她決定要賣掉公寓，搬到地價便宜且安靜的社區去生活。因此就在一年後，結婚的第八年，她買下了那棟住商混合的建築物。

其實她對這棟大樓不算滿意，就算是開玩笑，也不會說「喜歡」之類的話。當然她和丈夫一起在市區裡東奔西走找房子的過程很有趣，也因此眞的找到安靜且行情不錯的社區，這邊的住戶大多在此住了數十年。在這個老人特別多的社區，一來就說要買下整棟建築物的年輕夫婦，眞的是太年輕了，不動產（招牌還是用「福德房」*）老闆聽了他們的需求之後，面露慌張神色。

即使如此，她還是很高興。這輩子第一次用自己的錢買下自己挑的房子，帶給她很大的快感，畢竟她一直都想盡早離開現在住的公寓，因爲在那裡從停車場到電梯裡遇到的每個人，開口閉口就是房價地價，婦女會也用幾近擾民的程度，一天到晚要人去開會或簽名。

她知道自己沒有所謂的「訣竅」，至於其他人都怎麼學到那些「訣竅」，她不知道也不在乎。快速賺大錢；買下更大更好的房子、車子；把孩子送進學費高昂的英語幼兒園和高度競爭的私立學校；每一季都和家人出國旅行等行爲，在他人眼中或許算是所謂的「體面生活」，但那並不是她想要的人生。她想過安靜平穩的生活，想找到能和鄰居好好相處的溫馨小社區，而這裡就是她好不容易找到的社區。

不過她一開始不是很滿意那棟建築物。

她不斷說服自己：「畢竟是老社區裡的老建築，這也是沒辦法的事。」雖然已經選在比較落後的社區，但想用一間公寓的錢買一棟小而體面的建築物，實在也沒別的好選了。相較於其他物件，這棟建築物的價格低廉，又位於通往大馬路的巷弄入口，距離地鐵站及公車站不遠，以地理位置而言算是相當不錯，所以她和丈夫只猶

---

* 福德房為韓國早期的不動產仲介常用的名稱，也有安樂窩、好房子的意思。

豫了一下，短暫討論後就迅速做出決定。

眞正的問題，是在買下那棟樓之後發生。

建築物是地上四層，有一個比預期更大的寬敞地下室，一樓有咖啡廳，二樓可以出租辦公用，三樓租客不久前剛遷出，目前是空著的狀態。依據「福德房」老闆的說法，四樓是前屋主居住的空間。因爲不方便讓外人看生活空間，所以當時老闆只讓她和丈夫看了空著的三樓。如果說沒有多發問，只看部分空間就乖乖簽約是新手常犯的失誤，那他們這次的失誤也眞是太大了。

他們在前屋主搬家後住進了四樓，發現除了垃圾外，還有很多灰塵及老鼠屎，沒買多久的家具也都腐爛倒塌，根本就是凶宅的等級。女人實在無法相信這種地方會是「居住空間」，再加上她爲了打掃而翻動垃圾時，蟑螂成群湧出，數量多到不是用打或用踩就能處理的程度。更雪上加霜的是，她爲了打蟑螂而四處敲打地面和牆壁，結果把老鼠給趕出來了，她自己則是嚇得不得不先行撤退。

除蟲業者來噴過一兩次藥也無法根治，爲了徹底對付鼠群和蟑螂群，她拜託業者來了三四趟。這期間她都打掃到腰快斷掉，無奈之餘只好聯絡前屋主。

但前屋主沒接電話，再怎麼撥也只聽到「暫時無人應答」的語音。在她賭氣般打了好幾遍，打到幾乎想放棄的時候，竟聽到對方說「哪一位？」。太過開心的她表明自己身分後，正準備往下說明致電原因，但是才一說出「房子」這兩個字，上了年紀的前屋主突然用震耳欲聾的大嗓門罵了一長串難聽的髒話，並在她想說話之前就把電話掛了。

女人再次致電的念頭也消失了，於是她轉而打給「福德房」的老闆。

但那天運氣不太好，電話響了很久之後，才終於有位大嬸接電話說，老闆帶人出去看房子目前不在辦公室。她研判對方應該是之前見過一次面的老闆娘。

「別太介意了，年輕人就忍耐一下吧。」

聽完她的抱怨後，老闆娘這麼說。

「那位前屋主已經是個老奶奶了，她也很可憐，老公早死，就只有一個兒子。兒子爲了幫助媽媽的工作，跑外送時出了車禍，頭部受重傷……年紀輕輕也娶不到老婆，眞是可憐啊。」

老闆娘嘆了口氣。

「在兒子變成那樣之後，那個奶奶也變怪怪的……把經營了一輩子的餐廳收掉就帶著兒子離開了，好像是去了什麼祈禱院吧？她擁有的財產就只有那棟建築物而已，幾乎可說是放置不管的狀態……」

「她去了祈禱院嗎？」

女人驚訝地問。

「所以那個四樓的家一直沒人住嗎？」

「嗯，我已經很久沒看到她了，好像偶爾會回來拿衣服吧……」

「大概離開多久了？」

她問，福德房老闆娘漫不經心地回答。

「不知道耶，少說也三四年了吧？」

掛斷電話後，女人的心情複雜到不知道該說什麼。她這才明白爲什麼跟鄰近建物比起來，這棟建築會便宜到如此令人難以置信的地步，也總算有點理解爲什麼社區居民看著他們夫婦的眼神會這麼不安。起初她還以爲是因爲在長輩偏多的社區裡，看到有年輕夫婦買下整棟樓並搬進來，大家才會投以異樣眼光。

由於她再也無法從前屋主身上得到任何幫助，只好一個月內叫了快十次的除蟲業者，終於在千辛萬苦之下解決了老鼠和蟑螂的問題。過程中被逼入絕境的鼠群竄入一樓咖啡廳也造成不少騷動，咖啡廳店長不僅表示非常爲難，還揚言要立刻搬走。她也曾擔心會不會房客全都搬走導致這裡變空城，但意外的是一樓很快就找到了新房客。雖然血腸湯店比咖啡廳味道重很多，但她總算能放下心來，也才終於能拿回寄放在娘家的行李，搬到屬於她和丈夫名下建築物的四樓。

孩子非常喜歡地下室，她覺得是因爲有很多可參觀及把玩的東西。據說這些物品都是三樓租客遷出時留下的，但他們到底是從事什麼行業呢？地下室裡滿滿都是舞台劇演員才會使用的服裝、鞋子和道具。頭一次開燈進去時，看到孩子從很多具身穿奇怪衣服的無頭人體模型之間竄出時，她眞的差點嚇暈。但經過除蟲業者來確認這裡沒有老鼠或蟑螂巢穴，並且一一更換電燈後，地下室也沒那麼可怕了。在明亮的日光燈下，她也挺享受漫步在一排排人體模型間，欣賞那些普通人日常生活中不可能有機會看到的華麗衣裳及特殊鞋子，以及用途不明的道具。

「眞是怪了，老鼠通常都從地下室往上跑，但這棟建築卻相反呢。」

除蟲公司的職員檢查完地下室後，不解地說：

「這棟樓不管是老鼠或蟑螂都是高樓層更多，但地下室卻很乾淨。坦白說，我是頭一次看到有雜物這麼多，卻連半隻蟲子都沒有的乾淨地下室。」

除蟲業者的話讓女人安心許多，所以每當孩子來到地下室拉著她衣角走在前面時，她也乖乖地順著孩子的意思走，而且明明前一次都覺得自己已經參觀完了，但孩子總是能在裡頭找出新衣服或沒看過的物品。碰到這種狀況的時候，她都會跟孩子一起讚嘆，享受發現新東西的樂趣。

越古老的社區，新人想在其中立足越是困難，她甚至還第一次經歷到什麼叫做欺生。

丈夫從哥哥那邊接手的古董車在某個晚上被刮花了。一開始只是駕駛座門邊的一點點刮痕，隔天則進展到駕駛座側面的整片烤漆，再隔天是繞著整台車刮一圈，第四天甚至連兩側尾燈都打碎了。一週後，後輪輪胎出現了刀痕。

她和丈夫都能推敲出犯人是誰以及對方這麼做的用意。搬家後他們沒多想就把車停在自家建築物前。住在巷子最裡面的老舊透天厝、年紀三十歲上下的年輕男人曾來爭執那個位置是他的車位。那棟透天厝住著三代同堂的一家人，再加上以前很富裕，常在社區裡說這一帶以前都是他家土地。當時，那個男人用命令的語氣說，巷口建築物正前方是他平常停車的地方，不准其他人將車停在那裡。

就算以前這一帶都是他家土地，但人事已非，住戶擁有在自家建築物前方停車的優先權，她和丈夫也繳了停車費並申請增劃自家停車格。但對於住在巷尾的男人而言，這種有邏輯和道理的說法完全行不通。

「搬到別人的社區來，你就該跟原本住在這裡的居民好好相處啊！」

對方指著他們大聲嚷嚷。

「你不能用這種方式搗亂社區秩序！」

女人和她的丈夫實在無法理解，繳停車費和申請增劃自家停車格到底哪裡搗亂了社區秩序。丈夫說不要理會對方，她也同意了，但是這麼漠視對方繼續停車的結果，就是兩三天後開始有人在深夜破壞他們的車。

雖然一開始車門被刮花時女人就有點不安，但丈夫只是一笑置之，然而在尾燈被打破甚至連後輪也被割破後，丈夫的表情也變得僵硬起來。女人和丈夫決定在建築物圍牆和路燈旁安裝監視器，萬一哪天要採取法律行動，他們總要留下證據才行。

監視器的安裝技師強調，通常只要憑著有裝監視器這個事實，就能解決大部分簡單的紛爭。剛安裝監視器那幾天也眞的相安無事地度過了。然而就在一週後，她接到電話說是丈夫被告了，需要到警察局報到。

不出所料，原告就是住在巷尾的男人，他控訴罪名是遭受暴力相向，根據他的說法，他深夜工作返家經過巷口停放的汽車時，女人的丈夫突然跳下車毆打他。他說，對方先用車門擊倒他，後來又拉他以臉撞擊引擎蓋，並用門縫夾他的手，因爲各種嚴重暴力行爲導致他受了重傷。實際上，那個男人臉上也確實有不少傷痕，頭上包著繃帶，右手還打著石膏。

就女人所知，丈夫並不是會行使暴力的人。最重要的是對方說的日期，當天深夜丈夫和她都在房間睡覺，完全沒有出門。雖然她和丈夫一否認，男人就搖著頭並大呼小叫，但她和丈夫擁有可用以反擊的監視器影片。

因爲這幾天車輛都沒有問題，她和丈夫只是把影片存起來，沒有額外確認過內容。當她們在警局和負責的警察一起確認監視器影片時，發現了相當詭異的畫面。

男人才一出巷子便走向他們家車子，出現的方向和接近車子的姿態都與原先說要回家而走進巷子才偶然經過車輛的說法截然不同。他手上拿著某種工具，但因爲天色昏暗，畫面過於模糊，難以確認是什麼工具。

男人走近車子，拿著工具的手一碰到車門的瞬間，車門就突然打開了，正如男人所說，因爲車門被猛地打開，看起來就像是男人被打、失去重心而跌個四腳朝天，正當他要起身時，門又敲中男人的臉，只要他想起身，車門就會不斷重複攻擊他的臉。

後來，男人突然站起來，但不像是用下肢穩住重心，而是像有人硬把他拉起，從上半身開始被扯過去，並直接用臉去撞引擎蓋。男人掙扎地反覆用腳踹汽車前輪，倒在引擎蓋上好幾次才好不容易穩住重心。此時，駕駛座前門又再次打開揍了男人，男人用右手抓住車門，關門時他的右手也因此被夾進縫隙。最後男人倒在車邊，抱著受傷的右手打滾。雖然影片沒有聲音，但看他張大嘴巴的模樣，應該是在哀號或大叫。

負責警察看完整段影片後，問了住在巷尾的男人：

「所以施暴對象出現在影片的哪裡呢？」

影片中從頭到尾就只有男人自己被拍到，不管怎麼重播，看起來都像是男人利用女人和她丈夫的車自殘。

負責警察再度詢問住在巷尾的男人。

「你是怎麼打開人家車門的？你偷了車鑰匙嗎？」

男人正想大聲抗議，但看到警察一臉懷疑的表情，又支支吾吾壓低聲音：

「那個，車裡明明就有人出來……」

「哪個人？哪個人從哪裡出現？」

警察打斷男人的話粗暴地問，雖然男人還想再說什麼，但警察並沒有給他機會。

「你就這麼想自殘恐嚇別人嗎？你以爲訴訟是兒戲嗎？」

「但眞的是有人……」

「所以那個人到底是誰啊？人在哪裡？都看到監視器畫面了，你還要狡辯嗎？」

警察再次咆哮，打斷了男人已變成哭訴的最後抗議。

警察提到了恐嚇罪與刑期，女人的丈夫表示大家都住在同個社區，希望不要有太大紛爭，能和平解決就好，並拜託警察從輕發落。直到她和丈夫離開警局時，男人依然堅稱車裡有人，但他的表情已變得有點恐懼。

男人的恐嚇未遂嫌疑最後以不拘留立案收場。聽到這消息幾天後，女人買菜回來的路上，看見那男人停在巷內的高級轎車裡堆滿不知從何而來的大石頭，前後輪胎還被撕成一條一條。這畫面令女人感到莫名陰森而急忙跑回家。

在那之後，男人不再爲停車問題找碴，在社區裡遇到女人或她的丈夫也總是低頭快步離去，雖然有幾次聽到他喃喃自語房子怎樣或運氣怎樣，但她和她的丈夫也都不予理睬。

孩子很喜歡在自家大樓裡玩，會跑進各個房間探險；要是突然找不到她了，那肯定是跑去地下室了。

孩子只愛待在家裡，不愛出門。女人出門買菜或要去附近散步時，都試過要帶孩子出門，但孩子每次都搖頭，她也就不勉強了。

三樓還是沒找到新的租客。

實際上，租金是女人和丈夫唯一的固定收入。不過，在他們買下建築物之前，三樓就一直都是空著的，只是閒置的時間越長，她也越來越不安。

要重新裝潢嗎？丈夫提議。

「不會很貴嗎？還要申請許可，如果裝潢過後，還是沒人要租該怎麼辦？」

她很擔心，但丈夫自信滿滿道：

「我朋友說他要把那裡當成辦公室使用，也可以拜託認識的人來幫忙裝潢，會算便宜一點。那個建築師是我們的大學同學，她說會自己去處理申請許可那些事情。」

女人和丈夫是在同校社團認識的學長學妹，丈夫說的朋友是女人也認識的社團學長。負責裝潢的女設計師說自己以前跟他們同校，也曾在她和丈夫參加的社團中短暫活躍過。開工後，丈夫的朋友、女設計師及其他人員讓三樓變得熱熱鬧鬧，她的丈夫也因此開心起來。看到搬家後從來沒有幫忙打掃的丈夫對於改造朋友未來的辦公室這麼興奮，還一直解釋施工狀況的樣子，她真沒料到丈夫對管理建築物也這麼有興趣，或許這算是件好事吧。

孩子對於三樓將有租戶遷入的事實感到非常不悅，也受不了在四樓家中一直聽到施工造成的噪音，所以孩子總是躲在地下室裡。

由於女人十分受不了樓梯間的塵土飛揚，以及就算躲在家裡，也擋不住樓下成天傳來的電鑽聲和鐵鎚聲，她乾脆就待在相對安靜的地下室陪孩子玩，只有丈夫找她或二樓辦公室要抗議抱怨時，她才偶爾上樓一下。

除了人體模型身上的大紅色華麗衣服與前端尖到無法穿著行走的鞋子以外，孩子也經常在地下室找到奇形怪狀的各種五金，例如各種鎖頭，偶爾還附有鑰匙，但即使如此也很難知道該怎麼打開它。孩子把鎖頭交給女人，看著她生疏地東摸西摸，一不小心「喀嚓」又把裝置鎖住並嚇得大叫的模樣，孩子非常樂在其中。起初她很討厭冰冷鐵塊的感覺，也不喜歡手上的鎖頭發出「喀嚓」的可怕聲響而揪成一團無法打開的樣子，但看著開心得又叫又笑的孩子，她一一鎖上孩子從不知名的地方找到的許多鎖頭，也逐漸忘卻那個不祥的感覺，跟孩子一起笑得開懷。

像是永遠不會結束的裝潢工程總算完成了，丈夫的朋友也終於搬進辦公室。相較於經歷大工程又租下三樓整層的規模，辦公室裡幾乎沒有職員這點讓女人覺得有點奇怪。丈夫說這是因爲還在創業初期，甚至還稱讚朋友沒隨便雇用太多職員是個睿智的決定。丈夫有如是朋友的職員一樣，總是待在三樓辦公室。她常常看到丈夫和朋友面對面坐在狹窄的桌前，各自充滿熱誠地接電話。後來丈夫的朋友偶爾還會叫她下樓，讓她喝下深色的飲料。飲料的味道又酸又澀，她雖然基於禮貌勉強喝個兩口，但眞的無法再多喝。丈夫的朋友說這是歐洲某個國家由政府輔導栽培的農產品，並針對它的抗癌、抗氧化及抗老化等效果，摻雜各種她聽不懂的詞彙進行大篇幅說明。她丈夫在一旁邊聽邊點頭附和，不過只要電話一響就會忙著去接。

不到三個月，丈夫的朋友就消失了。狹小的辦公室內，除了放置女人曾看過的狹長辦公桌與兩張大家稱之爲「董事長椅」的柔軟旋轉椅之外，其他地方都堆滿了一箱箱飲料包。她直覺認爲那就是丈夫朋友讓她喝的深色飲料。飲料包和箱子表面都畫有淡藍綠色的小果實，而辦公室角落的冰箱裡，正堆放著那些在逐漸腐爛的果實。

「我們還有保證金，不會損失太多的。」

她的丈夫十分淡定地說。

「而且他的產品都還在啊，那個一箱要價二十萬韓元……光是把那些賣掉就不知道多少錢了。」

丈夫爲了盡量減少損失，打給周遭所有認識的人到處宣揚青果的抗癌功效。但這些堆滿三樓的箱子眞的賣得掉嗎？女人完全沒有信心。

接著開始有人打電話來了。

如果當初沒有重新裝潢；如果當初沒把辦公室借給丈夫朋友……女人不斷想著這些如果。

她知道事情就已經發生了，但還是會忍不住反思細想，任誰落到她這種處境，都會這麼做的。

丈夫說他借給朋友兩千萬韓元。但是不幸中的大幸是，他只有「投資」朋友的事業，沒有做擔保或擔任借名代表之類的。

女人很想哭，很想大吼大叫，她花了七年才還清債務，日日辛苦工作到深夜，想盡辦法存下那一點微薄的薪水撐到現在，居然又要揹債。不管金額多少，一聽到「貸款」二字就讓她眼前一片黑。

丈夫一直在追求「不受資本主義束縛」的「替代性生活方式」。女人在大學時期，很厭倦且不屑那些汲汲營營追求學分和漂亮履歷的人，認爲他們只會想方設法要進大企業或公部門這類收入穩定的職場，那種循規蹈矩的態度讓她覺得有壓迫感。所以她覺得丈夫想要的人生與自己很契合，於是兩人一畢業就結婚，也立刻開始上班。可是，光靠嘴巴說而沒有具體計畫的「替代性生活方式」，不可能成爲眞正的替代方案。至於所謂「不受資本主義束縛」的公司，大多是不準時發薪水的地方，而且比起員工做多少領多少的職務，這些公司幾乎都是靠員工單方面的犧牲才能運轉下去，當時才出社會不久的她很快就體悟到這個事實。在她每天為生計問題煩惱的同時，身爲學長的丈夫，卻比她晚畢業，又沒有能拿得出手的履歷，還忙著尋找理想的「替代性生活方式」而沒有實際做過什麼工作，搞到現在甚至還瞞著她借兩千萬韓元給別人。

丈夫說他自己會償還，說好不管用什麼方法都一定會還。女人知道那是丈夫的眞心話，但她也很明白，這世界沒那麼簡單，不是單靠一顆眞心就會自己蹦出兩千萬韓元。

所以她開始調查丈夫能否拿登記在兩人名下的不動產作擔保，去申請貸款。另外，她也查過直接把不動產轉爲個人名下的辦法，但還牽涉到贈與或稅金等複雜問題，所以就放棄了。她知道，從法律層面來看，在兩人共同擁有不動產的狀況下，丈夫不可能未經她同意就將房子拿去擔保，但是，萬一碰上最糟的狀況，她能守住的也只有財產的二分之一。一想到這點，她相當不安。

夫婦倆的生計都靠這個家了，而且對女人而言，家的意義遠遠超乎單純的租金收入，這個家是她在世界奮力掙扎所獲得的全部，而丈夫在她獨自努力的期間就只是寄居在她的背上生活，不曾提供過任何幫助。現在因爲丈夫的兩千萬韓元債務讓她痛苦不堪，也讓她在這過程中開始慢慢領悟到這整個事實。

丈夫常常心血來潮到附近的小山爬山，雖然不是會令人擔心的長時間外出，但每次爬山的時間都不規律，有時候早得離譜，隔幾天又可能會選在晚上突然出門。朋友捲走他投資的錢逃跑後，他白天都會待在空蕩蕩的辦公室四處打電話，打累了也會突然跑去山裡繞一圈才回來。

女人接到電話的那天也是類似的日子。她爲了叫丈夫吃飯而下樓，卻發現辦公室內只有丈夫的手機。她一進門，電話就像在等她似的響了起來。

難道是有人要買健康飲料了嗎？女人懷抱一線希望接起電話。對方聽到她說了聲「喂」之後，暫時沒了回應。她又再次說：「喂，您請說。」

「是妳嗎？」

電話那頭的女聲劈頭就問，她聽的是一頭霧水。

「什麼？」

「妳就是那個騙子的老婆嗎？」

「什麼意思？」

她又問，電話那頭的女聲氣沖沖地說：

「拐騙我老公一起去做什麼賣果實的生意，結果捲款潛逃的人不就是妳老公嗎？」

她這才開始理解整個事態，同時又困惑怎麼會是做賊的喊捉賊，而開始生氣了。

「喂，那個生意不是……」

但是對方並沒有要給她說話的機會。

「讓我老公背上代表的名義，一切後果都要我老公承擔，但真正要賣的東西和收到的錢全都被妳老公抓在手上不放！這是我老公千辛萬苦才打開的銷售通路，你們卻拿著吸管把油水吸光光……」

「小姐，講話放尊重點！搞清楚現在被騙的是誰好嗎？」

她提高了嗓門，對方也不惶多讓，甚至動用了三字經五字經開始攻擊她，她一叫對方講話小心點，對方卻嗤之以鼻。

「妳老公都外遇了，妳還想包庇他？說什麼要改建辦公室，還叫了個室內設計師來，就在妳眼前搞敲詐、外遇……妳們家還眞是甜蜜和樂，過得很好呢！」

「什麼？」

對方讀出她不自覺開始激動的語氣，似乎非常滿意。電話那頭的女聲繼續緩緩地說：

「我已經保留妳老公的簡訊和通話的鐵證了，不要以爲妳裝不知道，我就會什麼都不做！」

她好想問到底是什麼鐵證，但對方似乎已經過了拿她出氣的五雷轟頂亂罵階段。

「我老公也是夠蠢了，怎麼會因爲是大學同學就讓那種敗類纏住，還把好好的工作辭掉……你們倆是冒牌畢業生吧？夫妻詐騙團嗎？」

在對方又開始激動起來的同時，她聽見有人在按建築物玄關密碼的聲音。是丈夫，她莫名一陣恐懼，趕緊將電話掛斷了。

她聽到上樓的聲音，便急忙將手機放回原位，走向冰箱並開始檢查冰箱內部。雖然在丈夫朋友消失不久後才打掃過一次，但是那時還很新鮮的果實現在開始逐漸腐敗了。

她聽見有人按辦公室玄關門密碼的聲音。是樓下，原來是二樓辦公室的人吃完午餐回來了。

她安心地鬆了口氣，看向桌上丈夫的手機。

「簡訊和通話」這句話在她腦中盤旋不去。

她大概知道丈夫常用的密碼是什麼。

女人很難斷定一樓血腸湯店挑這時候吵權利金的事，究竟是好是壞。一開始，老店主就只是一個人來。由於多半都是女人出面跟承租人談，見多識廣的老店主就認定，要是這次也是女人自己來，那麼他要說服一個年輕女人乖乖照他的話做並不難。可是她那個莫名其妙的丈夫卻跑來攪和，搞到後來演變成三人會面的局面。

老人一提到權利金，女人的丈夫就開始說明相關法規。老人以第一次租屋時為了避稅而簽訂了假合約作爲藉口，威脅要向國稅局告發，但她的丈夫不接受威脅，反倒一面尊稱對方「老先生」，一面慢條斯理地再三解釋：「合約是承租人和租賃人共同簽訂的，就算是假合約的條款也是由雙方達成協議。如果要究責，您也不能免罰；再加上月租不貴，收租期間也不算太長，就算把逃漏稅的金額全加起來，數目也沒多大。因此，與其要屋主吃下這筆毫無關係的權利金差額三千萬韓元，屋主應該寧願向國稅局繳納罰款還更划算，您說是不是啊，老先生？」

後來，老店主漸漸面露煩躁神色，不斷說著「年輕人都不懂人情世故」，最後甚至丟下一句「等著瞧」就走了。沒過多久，老店主帶著身穿黑衣的「經紀人」再度出現，暗示若不支付他要求的三千萬韓元，就不只是國稅局或罰款的麻煩而已，話語背後暗藏著要製造物理性破壞的訊息。

「下次錄音報警就好了。」

她的丈夫依然淡定地說。

但她的疑問是，眞的會有「下一次」錄音的餘裕嗎？在此同時，因爲提起了「錄音」，讓她想起自己偶然接到那通打給丈夫的電話而發現的各種資料。她的心情鬱悶得無法再多說什麼，但是丈夫卻誤以爲她是放下心而感到滿足。

女人在地下室和孩子玩著玩著就哭了。

當孩子詢問原因時，她腦中最先浮現的是血腸湯店老人的臉。他們沒有財力，也沒有義務支付那三千萬韓元，但他們也沒有多餘的錢能繳納國稅局罰款。丈夫隨便揮霍的債務高達兩千萬韓元，三樓依然沒有新租戶進駐，一樓的血腸湯店從上個月起就用快要搬出去爲理由，拒絕繳租金了。

「沒什麼。」

她抬起頭，露出勉強的笑容。

「是因爲大人的事情太複雜了。」

雖然她試著揚起嘴角，但依然眼淚直流。

孩子縮成一團，坐在哭泣的她面前，靜靜看著她。

最終血腸湯店老闆沒有拿到權利金。

老人的屍體在店內廚房被發現。發現當下，部分屍體也在熬湯的大型湯鍋裡一起熬煮中。

爲了調查這史無前例的殺人分屍案，警察開始出入社區。和老人一起經營血腸湯店的女兒及女婿，則是無聲無息地收拾行李消失了。

幾天後，她在新聞看到之前老人帶來的黑衣「經紀人」的照片，據報導指出，該幫派分子被發現陳屍在情婦家中。

據最初發現屍體的情婦表示，她確定對方在家裡睡覺才出門上班，但回家卻發現男人已經死了。因爲屍體只有胸廓部分遭壓碎成特殊形狀，警方不排除是敵對的幫派成員所進行的報復行爲，目前正在進行相關調查。

即使在地下室陪孩子一起玩，這些事情也依然在女人腦中揮之不去。沒有被威脅恐嚇是好事。現在沒有向國稅局檢舉的人，也沒有要她支付權利金差額的人了，短期內也不用擔心會有額外支出。雖然原本預定要進駐一樓血腸湯店的服飾店老闆正在考慮要廢止合約還是延後進駐，但她已不再在意這些事了。

——喀嚓！

她嚇得抬起頭，孩子拿著不知道從哪找到的新鎖頭在她面前把玩，這回是只要旋轉鎖頭就能輕易解鎖的構造，是鎖上又能再次打開的鎖頭，孩子對於能解鎖又鎖上感到相當有趣。

——喀嚓！

她看著笑得開朗的孩子把鎖頭推進去，拉出來又推進去的手，突然想起網路新聞提到的一句話：「屍體只有胸廓部分遭壓碎成特殊形狀……」

——喀嚓！

孩子把鎖頭拉出來又推進去，並看向女人露出驕傲的笑容。

人生就是不斷地出現問題，結婚有家庭的人更是如此，因爲當你解決了外面的事情回到家，家裡的人又會製造問題。

在血腸湯店權利金問題解決後（雖然過程實在令她心裡怪不舒坦的，但總之還是解決了），開始有女人打電話來了。其實對方之前就一直打來，但丈夫刻意避接，她也沒有處理這件事的心力便裝作不知情，於是對方更加生氣，不曉得是用了什麼方法得知她的電話號碼，也開始打電話給她。

——妳老公跟那個室內設計師搞外遇。

——我看妳根本是明知道還裝不知情，妳肯定也是個騙子。

——既然都是同校的學長學妹，那個設計師肯定是妳介紹給妳老公認識的！

——我知道都是妳慫恿妳老公外遇詐騙，還在我面前假裝自己是受害者。

——快交出從我老公身上騙走的錢，告訴我他的行蹤。

——我已經被債主追得活不下去了，看是要交代我老公的行蹤還是把錢吐出來，多少負起一點責任吧。

經過多次通話，女人越聽越覺得丈夫朋友的妻子是精神完全異常或瀕臨發瘋的狀態，甚至還覺得對方有一點可憐。畢竟站在對方立場，她只是一位丈夫說要創業又突然不見，導致一大堆債權人上門糾纏卻一無所知的女人。

然而，她自己也是泥菩薩過江，沒有那個餘力去同情或幫助這種成天打來大吼大叫的女人。

從丈夫手機裡仔細留存的簡訊來看，他和女設計師似乎從很久以前就開始交往。那筆宣稱投資朋友事業泡湯的兩千萬韓元，其實是以裝潢費名目送給女設計師的錢。丈夫朋友根本沒要改裝辦公室，只是問了句「如果你們有空房，可以借用一兩個月嗎？」而已。當丈夫開始進行裝潢，對方還曾傳過訊息說：「不需要這麼大費周章，只要給我能坐兩個月的地方就好。」

也就是說，丈夫其實是想向情婦炫耀他擁有一棟建築物的事實。丈夫甚至豪氣地傳了「要多少施工費儘管說」的訊息給情婦。她得出的結論是，所謂的「施工費」會變成債務這個事實，又或是這棟建築物是她辛辛苦苦賺錢才買下的這個事實，從一開始就不存在於丈夫腦袋裡。

看著自己也能玩得很開心的孩子，女人這回沒有哭。她靜靜看著孩子不斷重複解鎖和開鎖的過程，陷入沉思。

孩子開心地玩著鎖頭並燦爛地笑著看她，她也試圖露出笑容，但卻笑不出來。

丈夫在大半夜說要去爬山而離家了。

晚上開始下起暴雨。

丈夫再也沒有從山裡回來。

外環道路出了場車禍，因爲天雨路滑，車子撞上安全島，擔任駕駛的女性被送往醫院，性命垂危；副駕駛座的男性因撞擊而彈出車外，後來在附近山腳下找到，並確認是因脖子骨折當場死亡。

丈夫死後，孩子幾乎整天都只跟著女人行動了。

——有睡覺嗎？有沒有按時吃飯？

「嗯，我吃得很好，也睡得很好。」

女人一邊通話，一邊向笑得開懷、在地板來回穿梭的孩子示意小心安全。

——房子怎麼樣？還能住嗎？有沒有人租啊？

「嗯，一樓服飾店進來了，二樓的出版社也都有按時繳房租。」

——有沒有出門走走啊？妳沒把自己關在家裡吧？

孩子撞進她的懷裡，她摟著孩子，摸摸孩子的頭。

她這才注意到最近孩子的輪廓變得更明顯了。

「嗯……」

她語帶模糊地說：

「待在家比較舒服嘛……」

——但還是要打起精神去外面吹吹風啊，妳還這麼年輕，又沒有小孩，最近哪有人還在守寡呢？多去旅行，多跟人來往……

孩子笑著伸長手，試圖要搶手機，她搖搖頭。

「不可以，媽媽現在在講電話。」

——嗯？妳剛說什麼？

她對著手機說。

「沒事。」

——家裡有其他人嗎？

「沒有啦，除了我還會有誰。」

電話那頭的媽媽嘆了口氣。

——妳每天都自己一個人是要怎麼辦啊？我說要去陪妳也不讓我去……

「媽。」

她打斷媽媽的話。

「我現在過得很舒服，這段時間先休息，等我恢復元氣，也會去找找其他事做的。」

——婆家那邊應該沒有說妳什麼吧？

媽媽的聲音摻雜一絲不安。

——但最近的社會啊……

「沒有那種事。」

她又打斷了媽媽的話。

「媽我正在消毒衣服，該去關火了，晚點再打給妳喔。」

——好，妳保重身體，不要太認眞做家事，也出門走走吧。

「好，再見。」

她掛斷電話後看著孩子。

「現在就只剩你和我了。」

她說，孩子跑到一半停下來看著她，然後露出燦爛笑容。

「你要跟媽媽去旅行嗎？」

她問。

「你沒離開過這個家吧？要不要跟媽媽一起出去？要不要一起去很遠很遠的地方？」

孩子很認眞地看著她的臉，然後一語不發地搖頭。

她也很清楚，孩子從一開始就和這個房子是一體的，所以才無法離開這裡。

只要還和孩子在一起，她也同樣無法擺脫這個家。

但其實她覺得這樣過也不錯。

「來這邊。」

她展開雙臂，孩子撲進她的懷裡，那股力量讓她差點往後倒下。

第一次見面時，孩子還只是地下室裡一道灰灰的影子。

但孩子現在有了明確的形體，也能明顯感受到孩子的體溫與皮膚觸感，變得更大、更重，也更清晰了。

她對於這個事實感到無比自豪。

「和媽媽一起生活吧。」

她摟著白影孩子說。

「和媽媽一起幸福快樂地生活吧。」

她輕聲說，並在孩子灰白的額頭印上一吻。

長久以來一直藏在漆黑水泥建築的黑暗地下室裡，等待著媽媽到來的小孩，望向總算找到自己的女人，露出了燦爛笑容。

風與沙的支配者

0

沙漠上有一艘用黃金齒輪製成的船飄浮在上空，組成船體的數千萬個齒輪滴答滴答轉動時，每個齒輪上反射的陽光就像太陽本身一樣耀眼。威風凜凜閃耀光芒的黃金齒輪船被金光波瀾包圍，在炙熱沙漠上空緩緩移動著。

1

黃金船的主人是位偉大戰士及法力高強的巫師。據傳在很久以前，沙漠之王爲了爭搶金色太陽映照到至遠地平線的土地霸權，曾向黃金船主人宣戰。最後決戰中，黃金船主人的左臂被沙漠之王砍斷了。黃金船主人使用從斷臂流下的鮮血，對沙漠之王下了詛咒。

「你使我成殘廢，我也要讓你的後代成殘廢；你讓我的血灑在沙漠裡，未來支配這片沙漠的你和你的血脈也將永不安寧。」

沙漠之王不信這個詛咒，他帶著勝利的笑容看著黃金船的主人跳上黃金齒輪製成的馬，穿過金光閃閃的天空返回黃金船。黃金船主人經過的沙地都留下點點血跡，宛如小小火花燃燒的血跡在沙漠炙熱窒息陽光下瞬間被吞噬。沙漠之王看著這幅景象，用遠在空中的黃金船也能聽見的音量，得意洋洋且充滿惡意地放聲大笑。

2

不久後，沙漠之王喜獲麟兒，但王子一出生就失明了。王憤怒得朝天狂喊，王妃因爲傷心欲絕，久病不癒，沒多久就過世了。

沒有媽媽，獨自被留下的小王子在僕人和隨從手中長大。隨從們雖然很悉心照顧王子，但心中總是懷著恐懼。沙漠之王易怒，王子又受到詛咒，隨從和僕人爲了不受憤怒和詛咒波及總是畢恭畢敬、小心翼翼的，也因此他們餵王子吃飯，晚上抱著王子哄睡時，心中並沒有愛。

孩子爲了生存，對於自己身處的環境也有一定程度的了解。雖說孩子的認知知覺看似有限，但對世界上的好意與人類是否值得信賴，孩子反而有著比大人更快且準確的理解。在豐饒美麗的環境中，在親切有禮但缺乏眞心的人們圍繞下，小王子一天天長大。在他的理解裡，這些就是世界與人類的基本特性。

3

曾是孩子的王子長成了少年，過一段時間又成了青年。雖然眼睛看不見，但王子是沙漠之王唯一的子嗣，也是未來即將繼承王位的王儲。所以沙漠之王在王子成爲青年的階段，派出使臣橫跨廣袤沙漠，抵達遙遠的邊防地區。侍奉沙漠之王的使臣跨過沙漠，拜訪草原部落，向對方提親，希望草原部落的公主能成爲沙漠王妃。

草原的支配者知道沙漠王子眼睛看不見，所以一開始是拒絕的，但經過沙漠之王的使臣獻上許多綢緞寶石，又努力說服，最後終於打動對方。因此，草原公主跟隨沙漠之王的使臣前往沙漠，準備和被詛咒的王子結婚。

4

三個月後，婚禮即將舉行。王宮裡的隨從和臣子全都爲了婚禮忙得不可開交，原本又大又安靜的宮殿突然變得熙熙攘攘。

王子對即將成爲他未來新娘的草原公主非常好奇，對方知道他眼睛看不見嗎？知道的話，又怎麼會答應這場婚事呢？如果不知道，那等她知道了會是什麼反應呢？……王子雖然知道婚禮前，新郎不能去見新娘是長久以來的習俗，但他想盡早知道即將成爲他新娘的公主究竟是什麼樣的人。

王子從小熟知宮殿內部所有捷徑、小路、隱藏出入口與被遮蔽的密道。由於所有人都不覺得眼睛看不見的王子會知道這些小路，所以王子能在宮裡自由探險，去任何一個他想去的地方。即便是一絲燈光也沒有的角落，或是黑漆漆的夜晚，對王子而言，都不是問題。既然王子隨時都能躲在宮裡的任何角落，在所有人都沉睡的深夜裡，他便偷偷潛入了草原公主的房間。

公主沉睡著，王子屏息傾聽陌生女子的呼吸聲，站在原地許久。

公主醒了，但眼睛看不見的王子沒有發現，依然站在原地。

「你是誰？」

公主問。

「爲什麼在這個時間進來我房間？」

王子嚇了一大跳，隨即平復心情緩緩回答：

「我是來見我的新娘的。」

5

在王子用手指小心翼翼觸摸公主的臉龐時，公主閉著眼睛一動也不動。讓陌生男人摸臉令她感到害臊，也有點搔癢感，但心情很好。察覺到自己正在做被禁止的事情本身就讓人慌張，又有點害怕，但同時也覺得享受且興奮，所以當王子的手指碰到她的臉，公主感受到自己的臉頰正在一點一點發熱脹紅。

王子的手離開時，公主已完全陷入愛情，但公主不清楚她愛的對象究竟是王子，還是愛情本身，又或者只是自己興奮的情緒。

「妳很美呢。」

王子輕聲說。

「如果我眼睛看得見……如果我能看得見，至少看一次美麗新娘的臉龐……」

王子的眼睛緩緩落下豆大的淚珠。

「不要哭。」

公主安慰他。

「以後你能像現在這樣隨時摸我的臉，我這輩子都會待在你身邊。」

「但是不幸的人又會多了一個。」

王子依然哭泣著。

「黃金船主人對我們全家下了詛咒，只要我爸爸的後代繼續統治這片沙漠，就沒有任何人能逃過那個詛咒。」

「怎麼說？」

公主驚訝道。

「爲什麼會下這麼可怕的詛咒？」

「因爲他打了敗仗，還失去了一條手臂。」

王子說明。

「我爸讓他變成殘廢，他就說要讓我爸的所有後代都變成殘廢。」

王子又開始流淚。

「如果妳跟我結婚，以後我們的孩子，還有孩子的孩子，所有人都會像我一樣變成無用之軀。要是哪一天黃金船主人攻打進來，由殘廢國王統治的國家也將無可奈何地遭到擊潰。」

語畢，王子低下頭傷心哭泣。

公主抱著王子安慰他，公主的肩膀被王子的眼淚浸濕了。

王子直到天亮前才離開公主的房間，公主獨自坐在黑暗中看著昏暗的東方天空，看著飄浮在空中的黃金齒輪船劃過地平線上冉冉升起的太陽。此時，公主做出了一個決定。

她要去找黃金船主人解開詛咒，爲了即將成爲她丈夫的王子，爲了他們未來的孩子，以及孩子的孩子。

6

要離開宮殿並非易事，公主是即將舉辦婚禮的新娘，也是未來的王妃，身旁總是包圍著許多侍女。即便公主在房間獨處時，門外也總是有人守著。因此當王子又在半夜偷偷潛入她的房間時，公主向王子尋求建議。

「妳不只美麗，還很勇敢。」

王子感嘆道。

「我知道怎麼離開宮殿，但出去後妳就得自己去找黃金船，還得隻身對抗黃金船主人，這樣也沒關係嗎？」

「總要試試看啊。」

公主淡然回答。

「我不是要去吵架的，一個女人隻身前往拜託他，難道他還會對我怎麼樣嗎？」

「這很難講啊，畢竟他天性殘忍……」

王子擔心地唉聲嘆氣。

「如果我看得見，就能跟妳一起去了……」

「如果你看得見，我們就沒有非要去找黃金船主人的理由啦。」

公主笑著說。

「但如果我沒有成功，你也別討厭我。」

「我不會的。」

王子的手輕輕包覆著公主的臉龐說。

「光是妳願意爲我鼓起勇氣，我就很感動了。」

「還有一件事。」

公主補充。

「就算我成功了，萬一國王知道我在婚禮前偷跑出去也肯定會非常生氣，要是我在回來的路上被發現，很可能會被趕回故鄉。」

「這點倒是不必擔心。」

王子說。

「這一切都是爲了我才做的事，我會保護妳的，因爲妳是我的新娘，是我的妻子。」

公主用一個吻代替了回答。

7

王子引導公主到城堡後門，到了石牆微坍裂開而產生縫隙的地方，兩人再次緊擁並親吻彼此。

「等我回來。」

公主輕聲道。

「妳要平安回來。」

王子回答。

公主小心翼翼從石牆縫隙離開，她回頭看了宮殿一眼，然後就在無月也無星的沙漠黑夜裡，朝著飄浮在空中、閃著冰冷光芒的巨大黃金齒輪船前進。

8

白天的烈日毫不留情，草原長大的公主並不熟悉在火燙沙地中步行的技巧，才走沒幾步就累了。在滾燙沙地休息也沒法恢復元氣，所以她花了很長時間才抵達黃金船。

公主站在飄在空中的黃金船下方，靠著船的陰影遮蔽稍事喘息。雖然被烈陽照得火燙的沙子與空氣依然炙熱逼人，但至少頭上有黃金船的影子籠罩，多少還算舒適。這也是她從宮殿走到地平線，這整趟漫長路程中遇到的第一個陰影。

稍事休息的公主開始琢磨該怎麼上船。飄浮在空中的黃金船微微晃動，但四周並沒有任何錨或鐵鍊。公主不知所措地茫然看著黃金船，總覺得燦爛金船會立刻搖搖擺擺消失在地平線的另一端。

就在此時，黃金齒輪船發出吱嘎吱嘎巨響，移動起來。

從船體的黃金齒輪之間，一道金梯降下來。

公主看得目瞪口呆之際，伸得長長的金梯已觸及地面。

公主起身，來到船的陰影邊緣開始爬金梯。每當公主柔嫩的手觸碰到被太陽一烤就熱燙的金梯，就產生像是要被烤熟的劇痛。公主強忍著痛楚，一階階往上爬。

爬到金梯頂端，站上黃金船時，公主聽見低沉且神祕的聲音：

「草原公主爲何會來造訪時間與風的船呢？」

公主揚起視線。

黃金船的主人站在眼前。

9

黃金船主人的模樣與公主想像中截然不同。他是個平凡的男人，既沒有穿黃金鎧甲，臉也不是用齒輪組成，身體更不是由沙子組成。他的皮膚被陽光曬成古銅色，髮絲散發出陽光和風掃過的淺土色光澤，至於瞳孔則是火熱灼烈的金色。據王子的說法，黃金船主人缺了左臂，所以起風時白色袖子總會無力地隨風飄搖。

「妳是爲了何事前來造訪時間與風的船呢？」

黃金船主人再度發問。他雖然外型平凡，但聲音並不像人類，那個深沉的音調彷彿洞窟響起野獸的腳步聲，或是席捲草原的地震。

「詛咒……」

公主開口，瞬間風起。公主因爲熱風吹襲而揚起的塵土暫時說不出話，也看不清前方。

「我是來拜託你解除詛咒的！」

公主實在看不出風勢有減弱的跡象，只好用盡全身力氣吶喊。

「請解開對沙漠之王的詛咒！」

「什麼詛咒？」

黃金船主人的聲音在沙塵風暴中依然清晰明朗，他一說話就連風都會共振。

「請讓王子重見光明！還有他以後的孩子及子子孫孫，請讓他們都能健康活下來！」

風突然停止。

「爲什麼？」

黃金船主人靜靜地問。公主發現那短短的一句話讓她腳底的黃金甲板與底下的沙漠都出現震動，她也因而害怕得發抖。

「就因爲打仗輸掉而詛咒對方，這樣很卑鄙。」

公主好不容易又平復心情，再度用力吶喊。

「請承認敗戰，解除詛咒吧！王子是我未來的丈夫，他以後的孩子也會是我的孩子。」

「我沒有下詛咒，我才不會對人類這種生物下詛咒。」

黃金船主人說。

「你騙人！」

公主慌張了。

「那王子爲什麼一出生就失明呢？」

「眞相和公主所知的不一樣。」

黃金船主人回答。

「他們會被詛咒是因爲他們發動戰爭。地平線以上到由日月組成的天空，是人類無法支配之處，我的船從時間流動開始就在空中和平流浪，先對黃金起貪念並拿起武器的人是沙漠之王。」

黃金船主人緩緩說明。

「如果直視太陽太久就會失明，沙漠之王犯下對著太陽揮刀的愚蠢之罪，他兒子只是代替他老爸受罰罷了。」

「請你解開詛咒！」

公主吶喊。

「不然至少告訴我怎麼解開詛咒。沙漠王子從出生到現在一直因爲爸爸的罪而受苦，未來將成爲一國之君的王子爲了他的後代著想，是絕不會再引發戰爭了，這點我向你保證，拜託你解開詛咒吧！」

黃金船主人輕嘆了口氣，公主再次感受到腳下的黃金甲板在晃動。

「好吧。」

黃金船主人緩緩回答。

「沙漠下雨時，把盲眼魚送回海裡，這樣王子的詛咒就能解除。」

在公主詢問這話是什麼意思之前，黃金船主人接著說：

「人類的本性與公主所了解的不同。就算詛咒解除，公主也無法跟王子結婚。」

接著黃金船主人舉起他僅剩的一隻手，輕輕揮了一下。

下一秒，公主飄浮在半中，然後就像羽毛掉落地面一般，公主從空中輕輕降落在沙漠裡。

10

公主在沙漠徘徊好久。

黃金船讓公主降落的地方並不是她一開始爬金梯的地方。在草原長大的公主從小就很熟悉靠太陽、月亮及星座排列模樣判讀方位的技巧，因此她大概知道一開始發現黃金船的位置、從黃金船下來會在哪個位置以及宮殿的方位，然而現在她的周遭只有滿滿的沙子，每當起風，沙丘的形狀又會不斷改變。在公主的草原故鄉，無論怎麼颳風，地平線與草木的模樣都不會改變。對公主而言，千變萬化的沙丘是很陌生的景色，再加上穿越這不斷變化的沙丘之後，還要走多久才會抵達宮殿，這點公主也估計不出來。她只能看著太陽確認方位，朝著宮殿所在的西南邊不斷走下去。

盲眼魚究竟是什麼意思呢？四面滿是沙丘的地方，要怎麼找到大海呢？公主不管怎麼想都沒有答案，後來走累了，公主也漸漸遺忘了魚的事情。

公主離宮時雖然帶了少量的水和果乾，但在前往黃金船的路上早已吃光。此刻身邊的沙丘不斷改變形狀，又綿延不絕，公主認爲自己回不了宮殿，她肯定會死在這片沙漠。

11

沙漠的夜晚很冷，風勢跟白天一樣強。即使只是坐在沙地稍作休息，一起風，四面八方的沙丘就會夾帶塵土朝自己席捲而來。爲了不被活埋在沙漠裡，她只能再度站起來走路。

公主有如機器一邊失魂落魄地走著。每走一步，腳都更陷入沙子裡一些。

她好想念草原；想念那不會被沙丘擋住，寬廣平坦的地平線；想念乾硬的土地，以及在那片土地生長的矮草叢；想念能騎馬奔馳在寬廣大地的日子；想念馬蹄撞擊堅硬地面的聲音……

公主被一個堅硬的東西絆倒了。

摔倒的同時，她一臉撞進柔軟的沙堆。公主邊咳嗽費力地撐起身體，甩掉夾在眼皮的沙子、吐掉吃進口鼻的沙子，然後她才能回頭看看自己到底被什麼堅硬的東西絆倒。

一個又大又粗的物體從沙堆冒出頭。

不論是在發現黃金船之前或是下船後，公主都不曾在沙漠被絆倒。她坐起身，在那個突出物旁邊開始挖地。

夜深了，公主全然不知道自己在挖些什麼，她只是機械性地持續動作。她又渴又餓又冷，喉嚨很乾，比起其他難受的感覺，口渴眞的太痛苦了。雖然公主是在水源珍貴的乾燥地區長大，但公主畢竟是公主，她這一生還從沒體驗過口渴到如此痛苦的程度。現在的公主渴到想用手捧起一把沙喝下去……用手捧起沙子喝………

……正想用手捧起沙子喝下時，公主突然打起精神。

12

公主哭了。她已經渴到喉嚨像是要乾裂破碎，她身上應該已經沒剩半滴水了，所以她也不知道眼淚是從哪裡擠出來的。公主倚靠著從沙地挖出來的硬物不斷哭泣，又怕、又冷、又渴，再這樣下去她會死在沙漠裡吧？她應該看不到明天早晨的太陽了，再也看不到太陽升起的模樣，再也看不到在宮殿裡癡癡等著自己的盲眼王子，再也看不到她出生長大的草原與父母，這一切她也都再也看不到了。如果就這麼死在沙漠裡，也不會有人能找到她的屍體。想到這裡公主又哭了，從嗚咽變成痛哭。她在沙漠夜空下抱著沙漠裡不知從哪冒出的不知名物體，盡情痛哭吶喊著。

公主額頭抵著的硬物被她的眼淚浸濕了。

公主繼續不停哭泣。

公主額頭抵著的硬物開始動了。

公主嚇了一跳，不自覺停止了哭泣。

埋在沙子裡的大魚掙扎著。

公主嚇得退了好幾步，癱坐在地。

從沙地裡露出的部分是魚頭，昏暗月光下清晰可見魚眼覆蓋著一層像白膜的東西。

「沙漠下雨時，把盲眼魚送回海裡吧。」

公主突然清醒，開始奮力把埋在沙子裡的魚挖出來。

不久前還因爲太累而痛哭的公主，不知從何冒出了力氣。她以勢如破竹的氣勢挖地，挖出被沙子覆蓋的鰓、背鰭及身體。終於挖出魚尾後，公主小心翼翼地摸了魚眼。她的手觸碰到魚眼的剎那，覆蓋在上面的硬硬白膜輕輕剝落了。

忽然間，大魚用力擺動尾巴，甩開沙子，飛升到沙漠的寒冷夜空之中。大魚游進繁星點點的天空時，公主清楚聽見了，夜空宛如透明玻璃一般發出清脆的碎裂聲。

接著，雨下來了。

雨水從天空的縫隙流下。公主站起身，讓天空落下又冷又新鮮的水浸濕她全身。她張口喝水，喉嚨獲得充分浸潤後，她繼續朝著天空張大嘴巴、伸展雙臂，甚至還跳起舞。

盲眼魚返回廣闊大海，沙漠的天空下起雨。

公主很幸福，忘卻了對死亡的恐懼、對故鄉的思念，公主幸福得幾乎要忘記自己是因爲誰、因爲什麼事，才會身處在這片沙漠中心。

然後公主醒了。

她遠遠地看見宮殿城門。

13

公主回來時，宮殿裡很吵雜。庭院裡正在舉行慶典，城門口聚集了許多士兵。

「詛咒解除了！王子重見光明了！」

聚在一起的士兵正在吃吃喝喝，大聲聊天。

「既然詛咒已經依照神的旨意解除，那就快把可惡的巫師處決吧！」

公主大吃一驚，她從士兵之間擠進去，在靠近宮殿時看到國王正在露臺上演說。

「……只要把巫師處決了，黃金船就會是我們的！船上的金銀財寶都將屬於我們，搭乘飄浮在空中的船，我們就能支配地平線外更廣闊的土地！」

站在一旁的王子瞪大已重獲光明的眼睛，跟著吶喊：

「黃金都是我們的！世界都是我們的！」

士兵、貴族、隨從和僕人們全都歡聲雷動。

公主突然覺得恐懼。

「黃金船主人說的話都是眞的嗎？」

公主向著站在露臺的王子大喊。

「不是爲了地平線外的土地爭奪而引發戰爭，是因爲貪圖黃金，想搶走那艘船才發動戰爭的嗎？」

宮裡突然一片安靜，露臺下的所有人都盯著公主看。

「把她抓起來！」

王子首先回神，指著公主大喊。

「她是和巫師私通的魔女，抓起來！」

王子一聲令下，士兵們拋下手中酒杯，開始跑向公主。

公主試圖逃脫，但她已被國王的士兵大舉包圍，沒跑幾步就被抓住了。

「她是魔女！是叛徒！她和巫師私通，用假消息誣陷一國之君！」

王子俯視被士兵抓著，不斷掙扎的公主。

「殺了她！」

士兵遵從王子的命令，紛紛拿起刀與槍。

被士兵制伏的公主抬頭看向露臺上的王子，與王子的目光交會時，公主頓時語塞，她無法抗議，也無法哀求。

面無表情的王子，那雙重見光明的眼睛非常冷淡。站在露臺上狠心又殘酷地俯視群眾、下令殺人的陌生人，已不是當時靠在公主肩上哭泣的王子了。

士兵的刀刃朝著公主的脖子而來，她害怕地緊閉眼睛。

瞬間，起風了。

14

沙塵暴覆蓋宮殿，強風與沙塵的襲擊使人無法睜開眼睛，也無法呼吸，口鼻和耳朵都被沙塵塞滿。包圍公主的士兵也不自覺放下手中刀槍，所有人都雙手摀著臉、緊閉眼睛，弓起身體開始咳嗽。

接著傳來轟隆隆聲響，不久後開始有人尖叫。公主用雙手摀著臉，在籠罩宮殿的沙塵暴中看到露臺倒塌，露臺上的國王與王子在沙塵暴包圍中掉落地上，接著被石頭和土堆掩埋。

地面開始晃動，公主看向腳邊，在籠罩世界的沙粒間看到土地出現了裂痕。腳下開始崩裂的瞬間，想發出尖叫的公主飄浮到了空中。她聽見熟悉的吱嘎吱嘎聲填滿四周空氣，頭上還出現曾爲她遮陽的影子。

飄浮在倒塌宮殿上空的公主，看著由黃金齒輪組成的黃金船悠悠飄過沙漠的天空。

15

宮殿完全倒塌了，沒有一塊磚石完好。公主再次站在黃金甲板上，看著腳下灰濛濛塵土中的廢墟。

「這不是公主的錯。」

低沉的聲音在黃金甲板上響起。

「雖然能解開詛咒，但因自身貪念而盲目的人類，妳是無法讓他們清醒的，我早知道他們總有一天又會再引發戰爭。」

公主機械式點點頭，就像腳下布滿的塵土一樣，她的腦中也像是被灰濛濛的沙塵掩蓋，難以思考。

有個冰冰濕濕的東西碰到公主的手，她嚇了一跳回頭看。

黃金船主人遞給公主一個水杯，杯子比公主的手還小。四方都是熱風包圍之下，這杯水竟然像冰塊一樣冰冷，杯子外側甚至還結了水珠。

公主小心翼翼接過杯子，喝下冰水。

雖然杯子比公主的手還小，水卻源源不絕。公主盡情暢飲著涼爽的水，感覺已經很久沒有喝到這麼沁涼的水了，說不定是她這輩子第一次喝到。

「留下來吧！」

溫柔的嗓音又在黃金甲板響起。

「和我一起成爲風與沙的支配者，在時間的地平線上漂泊，直到太陽和月亮消失那日，能伸手碰觸星星和雲朵的這塊無限空間，全都是公主的。」

公主低頭看著手中的水杯，雖然已盡情暢飲，這個比手掌還小的杯子不知不覺又填滿了水，水杯外側又結了水珠，握著冰涼水杯的感覺異常地好。

「我想作爲人類而活。」

公主回答。

「我想和跟我一樣的人類男性交往，珍愛彼此，結婚生子；我想看著孩子長大後找到另一半成家的樣子……我想過那種生活。」

「那樣的人生，終點是死亡。」

風與沙的主人平靜道，公主點點頭。

「我知道，但在死亡到來之前，我也會活著啊。」

「那等妳的人類壽命結束之後，再來找我吧。」

黃金船的男人提議。

「雖然我不能夠給公主人類的生活，但我能承諾人類無法知曉的平和與無垠無限。」

公主笑著點點頭。

男人空蕩蕩的左臂衣袖動了，公主感受到一陣微風與涼爽柔和的空氣拂過她的右臉頰。

黃金船的齒輪嘎嘎響起，船身在火焰般的艷陽下調頭，改變了航行的方向。背對著太陽的黃金船穿過酷熱沙漠上空，緩緩駛向公主的故鄉，朝著那片寬廣平坦大草原前進。

重逢

這是爲你寫的愛情故事。

沒有任何人問過，在我們無名的時候
我們究竟是想活，或是不想
雖然我期待著很多事
但我不知道我想要什麼……

我坐在廣場的南端，拿著冬天時到處都會賣的便宜熱紅酒。熱紅酒是在紅葡萄酒加入桂皮或香精等香辛料後加熱飲用，是歐洲特有的冬季飲品，雖然經過長時間加熱後酒精會大致揮發掉，但畢竟並沒有煮滾，依然殘留一些酒氣，所以在酷寒的冬天喝下一口溫熱的酒會讓腦袋回神。

「Kogo pani szuka?」（請問妳在找誰？）

我轉頭，他看著我笑了。

他展開雙臂，我站起來擁抱他，他親吻我的雙頰問候，雖然尷尬但我也回應了他，不管再怎麼開心見到對方，親吻式問候總是讓人尷尬。

「Mogę?」（我可以坐下嗎？）

他指著我旁邊的位子問，我笑著點點頭。

「Wiedziałem, że będzieś.」（我就知道妳會來。）

他說。

「Czekałem.」（我一直在等妳。）

很久以前，我第一次在廣場遇到他，波蘭的夏天又熱又乾，我拿著冰涼的飲料坐在陰影處，當時對人生感到不安的我，想暫時從那份不安感逃離。

廣場上雖然人聲鼎沸，但聽到的聲音相較於波蘭語，更多是英語和德語。這裡是觀光都市，會在夏天坐在觀光市中心廣場銅像下的人，十之八九都是外地人。我也是其中一名外地人，也跟所有外地人一樣，坐在廣場銅像下的露天咖啡廳看著正在烤熱石板路的陽光。

接著我看到一名老人。

一開始我不覺得他特別，所以並沒特別留意。誠如剛才所說，廣場的人很多，有很多外地人四處拍照、喝啤酒、打電話或聊天，用各自的方式享受當下。有緩步移動的，也有站著不動的，還有行色匆匆的；有人出來遛狗，也有人是遛孩子。要想在那樣的人群中發現某一個人有特別行動，並非易事。

但我之所以會特別注意到老人，第一個原因是他的一條腿瘸得嚴重，所以走路姿勢很特別。第二個原因是老人即使瘸了一條腿，也依然能快速移動。

我會繼續觀察老人的第三個原因，是他只用一條腿走路。這部分我需要進行補充說明。

廣場大致呈現正方形，中間有一座備受波蘭人民景仰的十九世紀浪漫主義作家的銅像，會說廣場「大致」呈正方形是因爲廣場四面連著大馬路，但在那之間還有許多放射狀延展的巷弄，雖然是典型歐洲都市的外觀，但廣場北端，也就是詩人銅像的對面有許多紀念品店，廣場西側距離詩人銅像稍遠之處有一座鐘塔，廣場東側及南側則有著露天咖啡廳、啤酒吧和餐廳等商家，而我坐在詩人銅像背面，望向廣場南側。

老人出現在我的左邊，朝我的右邊前進。明明瘸腿卻以驚人的速度移動，快速穿過右邊那條大馬路，消失在巷弄之間。然後不到五分鐘，老人又出現在我左邊和之前一模一樣的位置，再次朝著我的右邊前進。明明是瘸腿卻以驚人的速度移動，快速穿過右邊的那條大馬路，又消失在巷弄之間。然後不到五分鐘，老人再一次出現在相同的位置。他緊閉著嘴，輕咬下唇，睜大眼睛，一臉迫切地拖著行動不便的腿努力移動，再次從我面前的左邊走到右邊，也就是從廣場東側往西側直線移動。

廣場很寬，老人用行動不便的腿和不穩的腳步從我的左邊走到右邊，穿越廣場南側空間只花了十五到二十分鐘，就算他抄了我不認識的小路，從這一頭走到另一頭要花二十分鐘的話，再回到原點也應該要花相同的時間，但老人在我眼前直線移動消失後不到五分鐘又再次出現在原地，然後再次以驚人速度拖著瘸腿走著相同路線，向著同個方向，不斷反覆。

「Pani też widzi?」（妳也看到了嗎？）

我嚇得轉頭，背對艷陽站著的男人對於坐著的我而言顯得相當巨大。

「Mogę?」（我可以坐下嗎？）

男人指著我身旁的椅子問，我點點頭。其實我已經因爲不斷朝同個方向行走的老人備受驚嚇，接著又被這個不知從何冒出的巨大男人嚇得發不出聲。

男人坐在我旁邊。

接下來的一小時，男人和我都不發一語地觀察著老人，老人似乎毫不疲憊，維持與稍早相同的方向反覆拖著瘸腿走了又走。

男人和我靜靜並肩坐著觀察老人，我又發現了一個疑點，現在是盛夏，老人卻穿著黑長褲與又長又飄逸的卡其色長袖外套，外套裡還穿了不曉得是襯衫或毛衣的褐色上衣，就這樣在太陽下曝曬，還高速連續走了一個小時以上，但老人卻沒有一絲疲憊。從我的位子看不出老人有沒有流汗，但至少我沒看到他有擦汗的動作。不管再怎麼留心觀察，老人到底是從哪裡出現、走往哪裡，又是怎麼迅速回到原點，我還是難以看出個端倪。

「Przypomina mi o dziadku.」（我想到我爺爺。）

男人自言自語道。

我看著他。

「He reminds me of my grandfather.」（他讓我想到我爺爺。）

男人用英語再說一次。

大部分的波蘭人並不會預設外國人懂波蘭語，在我完全不知道男人是誰、爲何向我搭話，以及老人究竟是誰的這個當下，我決定不被影響，所以我沒有回答。

但男人似乎也不在意。

「He was lost, my grandfather.」（他迷失了，我是說我爺爺。）

男人說。

「Just like him.」（就跟他一樣。）

因爲男人的手指著他，我也自動將視線移回老人身上。

但沒有看見老人，我很慌張，雖然我站起來到老人走過的地方努力尋覓，卻在哪都沒看到老人的蹤跡。

「Wróci.」（他會回來的。）

男人喃喃道。

「Zawsze wraca.」（他每次都是這樣。）

然後男人站起來向我簡單問候就離開了。

我和男人再次相遇的地方是圖書館。

當時的我即將結束研究所學位課程，爲了寫論文到波蘭圖書館找資料，雖然能從學校這邊得到一些獎助金，但那點錢連機票都買不起，從食宿到交通費，甚至連在圖書館影印書籍的費用，全都要靠自己張羅，而我也不敢保證花這麼多錢來到波蘭究竟可以成就些什麼東西，但既然開始了就要看到盡頭，而那些能幫助我看到盡頭的方法之中，現在比較能做的就是到圖書館借書。

東歐的圖書館大多是閉架式，我此刻拜訪的大學圖書館也一樣。也就是說，你需要先找到要借的書籍書號並繳交申請書，再由圖書館員到藏書庫把書找給你。所以我寫了申請書交給櫃檯，而收下申請書的館員就是那個男人。

我和他都沒有說話，男人收下我的申請書翻看一會後叫我過兩個小時再來，我點點頭，決定回到原位尋找其他資料。

兩小時後去取書時，男人推了一疊書給我。

「Więc pani mówi po polsku?」（所以妳會說波蘭語啊？）

「Tak.」（對。）

這是我很常聽到的問題，我簡單回答。男人看著我捧著的書又問：

「Druga wojna światowa?」（是二次大戰嗎？）

我正捧著一疊書並用下巴抵著，好不容易才穩住重心，無法回答他。男人也不再搭話，我小心翼翼地抱著那疊書回到座位。

他後來才說，那麼問是因爲我看得見老人而且還在調查二次大戰的緣故。我想也是，雖然可能多少牽涉對不同種族的好奇心，但我沒有問這麼多。總之我白天在圖書館讀書，晚上就到廣場簡單買點東西吃並觀察人群。當時的波蘭物價便宜得驚人，即使是市中心的觀光勝地，若不是非常正式的餐廳，街頭小吃和露天咖啡廳的飲料價格，是手頭不算寬裕的我還能負擔的範圍，所以我常常是手拿氣泡水和三明治看著來往人群以及在廣場巡迴的觀光馬車，努力讓自己不要去思考未來。我不相信所謂的前程似錦，現在的我就連能不能求個溫飽都不曉得，因此我總是覺得前一刻比現在更好。比起未來，現在更好。等我回國應該會很羨慕現在太平無事地坐看夕陽緩緩落下，能這樣浪費時間的時光吧？所以我更努力地想盡情享受此時此刻。

結束在圖書館的一天，我前往廣場尋找露天咖啡廳空位時，他出現了。

「Piwo?」（啤酒？）

他簡短地問，我猶豫了片刻，點點頭。

從圖書館出來，在廣場等待片刻他就會出現，或是他會在沒有工作的日子先到廣場等我，我們會一起簡單吃頓晚餐，他都喝啤酒，我則喝咖啡或氣泡水。

但老人再也沒出現過了。

「Kiedyś wróci tu.」（他總有一天會回來的。）

他說，我笑了。

「那是這間大學出版的波蘭語課本的名字耶。」

「我知道。」

他也笑著回答。

波蘭語課本書名本來是《*Kiedyś wrócisz tu*》（你總有一天會回到這裡），我並不相信我總有一天會再回來，與我是否熱愛此處的心意無關，人生並不會輕易給予太多機會，總不能一直在現實與非現實之間生活。

在他提議要不要去他的公寓時，我會接受也是因爲這個原因吧。

……如果我能許願
我會變得尷尬
該許什麼願望呢
痛苦的時間或快樂的時間……

他叫我把他綁起來，雖然使用的道具、綑綁方式和姿勢每次都有些微差異，但他會鉅細靡遺說明他的需求。

不是把我綁起來，而是要我把他綁起來，看起來這對他而言是很重要的事，所以我沒多問就只是照他的要求去做。這麼解釋好像很多餘，但我眞的從來沒有綁過人，連打結都不太會打。他很有耐性地重複說明，還謝謝我很仔細地依照他所希望的方式將他綁起來。

與其說是癖好，這個行爲更像是一種強迫。整個過程從開始到結束，在他腦中有一套固定劇本，他本人和對方（也就是我）都需要逐一按照劇本動作他才能安心，萬一有一點點偏離劇本的發展，他就會變得非常不安，反覆要求修正到一切都符合他腦中的劇本爲止，但問題就出在我不知道那個劇本的內容是什麼。

表面上我是綁人的，他是被綁的，但實際上，下命令的是他，我是必須按照劇本行動的人，但他其實並沒有意識到自己正在跟隨腦中的假想劇本行動，所以他會用「正確」或「錯誤」來形容我的方法或行動。然而，從根本角度來看，按照愛人的要求將他綁在床上，並沒所謂的對或錯，我是因爲不太能理解他所謂正確或錯誤的標準爲何，而感到非常痛苦。雖然他會很有耐性地重複說明，或用更簡單的方式表達，但越是如此，我越覺得自己活像個笨蛋。我如果「做錯了」，他縱然不會生氣，但他的不安和焦躁都能從眼眸中一覽無遺，因此我也更覺得自己沒用且愚蠢。

「對不起。」

我只要一煩躁，他就會道歉。

「我知道妳不開心，也知道我很奇怪，但還是拜託妳忍耐一下。」

我不覺得要綁他這件事很奇怪，也不會感到不高興，世界上的人本來就有各種癖好，如果無法接受，我也不會讓自己持續身處在那個情境中。正因我不討厭這點，也希望自己能把這件對他很重要的事情做到好，所以我才會希望能了解他腦中完整的劇本，以及想完成的畫面究竟是什麼。

我花了不少時間才終於了解一部分脈絡。用韓國的房子結構來比喻的話，他的公寓比較接近單人套房的構造，雖然又小又窄但天花板很高，上面還有能看見天空的窗戶。以夜空爲背景，看著像鏡子一般閃亮的窗戶映照著我的身體和他被綑綁的身體，他經常喃喃道：

「好美。」

我機械式點點頭，對我而言，這一切都太不眞實了，不管是波蘭、這個男人，又或是我自己。

然後男人跟我說了他爺爺的故事。

他在十歲那年夏天開始與爺爺同住，他爺爺是納粹集中營的倖存者。集中營除了有設置惡名昭彰毒氣室的「死亡集中營」，還有為了生產軍需品或建造簡易設施等進行強制奴役的「勞動集中營」。在這樣的集中營裡也抓來了很多與猶太人血統無關的波蘭人。戰爭末期欠缺勞力時，德軍就在街上把眼前所見的人通通抓來關進強制勞動集中營，逼他們生產軍需品或讓他們成為農場奴役等苦力。他的爺爺就是這樣被抓走的戰爭受害者。

「但爺爺從來沒說過他是怎麼在集中營活下來的，一次也沒有，很怪吧？」

他看起來是真心覺得不解。

但他爺爺特別執著於其他事情，據他所說，爺爺生活的目標可用「生存」兩個字概括。

爺爺幾乎足不出戶，他的生活幾乎全都是為了練習如何不出門而活下去，除了天黑後禁止開燈，也要求洗澡時不能發出水聲，更不能有任何動靜。水和食品都盡可能省著吃，為此，還買了過多的罐頭食品，導致家裡總是堆滿各種類型的罐頭。

「我最喜歡復活節、聖誕節或其他天主教節日了，因為只有那幾天可以不用吃罐頭食物。」

因為爺爺親自規律地打掃及洗衣服，家裡總是一塵不染，他的裝扮也總是很整潔，但玄關始終擺著爲了逃亡而預先堆放的旅行背包。檢查並更換背包裡的緊急糧食及手電筒乾電池等，也是爺爺生活中非常重要的一件事。

他試圖努力理解爺爺，並盡可能遵循爺爺的生活方式，但在他十五歲那年，卻第一次反抗了爺爺。在冬天太陽下山後的某天，他想和朋友出去玩卻被爺爺阻止了。爺爺阻止他的原因不是爲了讓他服從自己的權威，而是因爲爺爺自己擔心受怕。他雖然理解爺爺的心情，但也受不了這種心態帶來的煩悶，於是他對爺爺大吼：

「我說過了，戰爭很久以前就結束了，共產主義也已經垮台，現在所有人都很自由，小孩子晚上七點出去玩也不會發生任何事情！」

「爺爺怎麼回答？」

「他一句話也沒說。」

爺爺看了他一陣子就轉身回房間了，失去焦點的眼睛與垂下肩膀的樣子看起來瞬間老了十歲。

後來，爺爺不再購買罐頭食品，也不再把緊急背包放在玄關，直到他高中畢業爲止，爺爺總是呆坐在電視機前度過每一天。最後爺爺坐在電視機前死了。

「我回到家看到他坐在電視前，但已經斷氣了，然後屍體旁邊站著年輕時的爺爺，大概我當時的年紀吧？也就是他被拖去集中營之前的時候。」

年輕時期的爺爺一臉困惑地看著自己衰老的屍體和他的臉，他也小心翼翼地指著門的方向，並點一點頭，年輕的爺爺用依然困惑的表情緩緩從玄關離開，他透過窗戶，久久注視著爺爺的靈魂穿過馬路，穿過陽光燦爛的廣場，消失在遠處。

「爺爺這輩子都在爲已經結束的戰爭和消失的集中營擔驚受怕，他肯定是一直住在自己想像的集中營裡，直到死後才終於能自由自在走在都市的街道上。」

他喃喃道。

我順勢問：

「當時在廣場上一直朝同個方向走的老紳士是誰啊？」

「應該是戰爭時在廣場被射殺的人。」

他說。

「我常常看到他，他想盡辦法試圖穿越馬路要回家，但應該是因爲他失血過多，半路就死了。」

「怎麼一直無法脫離那個不幸的時間呢，活人跟死人都是。」

我喃喃道。

「應該是創傷吧。」

他回答。

……如果我能許願
我想要變得有一點點幸福
因爲太過幸福
就會思念悲傷

他偶爾會用德語輕聲哼唱，我問那是什麼歌，但他也不知道。

「是爺爺常唱的歌，應該是戰爭時期的歌吧？」

後來，很久以後我才在電影裡又聽到這首歌，是和二次大戰納粹集中營有關的老電影，女主角用自己的方式重新改詞，重唱戰爭時瑪琳・黛德麗的歌。

人生
我愛我的人生

……雖然我不知道我想要什麼
但我依然對萬事充滿期待

電影中，被拖往集中營的女主角爲了生存，誘惑了納粹軍官；爲了生存，在納粹軍官面前笑著半裸唱歌。在我人生毀滅時，聽著雖然不知道想要什麼但仍熱愛人生的歌詞，我才想起那個埋藏在記憶深處，被我遺忘很久的他。

夏天不長，我也必須回家。在返國的幾天前，我問他：
「你是因爲想念什麼樣的悲傷才要把自己綁起來？」
他一臉五味雜陳地看著我。
「從來沒有人這樣問過我。」
他隔了許久才回答。
「綁起來會覺得幸福嗎？」

我又問。

「不會。」

他立刻回答，又想了一下才補充：

「被綑綁時會覺得很安全。」

「哪部分？」

我接著問。

他總是希望我用力綑綁他，綁的過程看得出他在忍痛，鬆綁時也能看見身體有明顯的綁痕，即便我是女人，他是男人，即便綁他的人是他的情人，在那種被痛苦綑綁住的狀態下，根本不可能覺得安全。

他緩緩輕聲道：

「覺得活著很開心，感覺我是被允許活下來的。」

這個回答讓我覺得莫名心痛，所以我用盡全力綁緊他。

再次重逢時，他依然住在同一棟公寓，雖然已經事隔太久，我的記憶有些模糊了，但總覺得他的房子比之前更加空曠和寂靜。

「我還以爲你結婚了。」

我說。

「差點結了。」

他說。

「那怎麼沒結？」

我問。

「因爲她不想綁我。」

他回答，我點點頭。

「妳呢？」

他問。

「怎麼沒結婚？」

「我在背債。」

我想了想，盡可能簡短回答。

「我媽用我的名義借錢了。」

現在也還在借，但因爲我不知道「僞造公文」的波蘭語怎麼說，也沒辦法更仔細說明。

他點頭表示明白，也沒再多問，我就喜歡他這點。

「那位老紳士還在廣場嗎？」

我問。

「應該還在吧，雖然大部分都是在夏天遇到他，最近沒見過。」

他回答。

那位從東到西不斷穿梭於廣場南側的老人，是我看見的第一個鬼魂。不過，在那之前與之後，在韓國與其他國家，我都沒再見過其他的鬼魂，至少截至目前爲止是這樣。

「眞的嗎？」

他嚇了一跳。

「我看妳好像覺得稀鬆平常，還以爲妳平常都看得見。」

他開始分享自己大約從四歲開始看得見別人看不見的東西，不只死人，就連死掉的貓或狗，或是馬之類的動物也能看見，小時候他不懂何謂死亡，只覺得那些半透明的人或動物能穿越周遭的人事物很有趣。

正如大部分的波蘭人一樣，他的父母也是天主教徒。他媽媽在聽他形容死掉的動物時，就只把這事當成是小孩子擁有異於常人的想像力。但是，直到實際認識的人死亡後，他也能明確形容對方生前或死前的模樣，媽媽開始害怕了起來。除了祈禱，也向神父諮詢，就連讓他大部分時間都待在教堂，也無濟於事，他甚至開始講起兩年前死亡的主任司鐸的樣貌，或是上週才舉辦葬禮的鄰居叔叔。於是他媽媽帶他回家，不給飯吃讓他挨餓，只要他一吵著肚子餓就會打他。

處罰的效果總是立竿見影，所以他再也不會提起自己能看見死人或死亡動物的事，但他只要肚子餓就會變得很敏感。挨餓帶來了反效果，特別是在飢餓狀態下睡著，他會在夢裡和死人對話而說出夢話，偶爾還會在夢遊狀態下和鬼魂一起在家裡跑跳。這讓他媽媽很吃驚，每當那種日子，他就整天無法進食且被禁足在家。媽媽總是哭著打他，打完又哭著祈禱，他也知道媽媽跟他一起整天沒有進食，晚上也不睡覺，總是徹夜低聲哭泣，所以他每次挨打都會被罪惡感折磨。在他十歲那年，他的舅公，也就是媽媽的舅舅，外婆的哥哥，離開了人世。當他媽媽參加完葬禮回來，他上前說出訣別的話，聲調語氣跟他從沒見過的舅公一模一樣。當然這事他本人是不記得的，但也因此，他媽媽好幾天不吃不喝，顧著祈禱而昏倒了，於是他被送往位於這個城市的爺爺家，我也是這才知道他並非本來就是南部都市出身，而是華沙近郊出身的事實。

「那你媽媽現在也住在華沙嗎？」

「應該吧！」

他說。

「自從我被送來爺爺家就沒見過面了，高中畢業典禮有見過一次，但後來就再也沒聯絡了。」

「爸爸呢？」

我問，他從來沒有提過爸爸的事。

看到他露出爲難的表情，我隨即道歉：

「對不起。」

「不是，只是我爸……該怎麼說呢……」

他皺起眉頭。

「我爸是個……很不明確的人，妳懂我意思嗎？」

我不懂，所以我等了一下。

「我和媽媽或爺爺在一起的時候，他們存在的目標很明確，妳懂我意思嗎？爺爺的目標就是用戰爭時期的方式活下來，所以他每天都有例行公事，要準備緊急背包，確保水和罐頭食物充足，晚上會關燈讓外面的人聽不見家裡的聲響，等到太陽升起，就又覺得自己活過了一天。我媽……」

他沉思了片刻。

「雖然我跟她生活時很痛苦，但畢竟是我太壞，是因爲我不好才會讓媽媽這麼痛苦。我的生活目標是爲了不讓她覺得我不乖，只要我說了不該說的話，媽媽就會開始哭，會挨餓並祈禱，會把我綁在床上打我。一到晚上，爲了讓我不要跟著鬼魂四處亂跑，就會整晚都把我綁起來，所以我的人生目標就是不要做錯事，但爸爸……」

他又皺眉。

「啊！爸爸是爺爺的兒子，但他跟爺爺完全不一樣，不知道他究竟爲了什麼而活，看起來不幸福也不快樂，就像個老是做些沒意義的事，心不在焉的人一樣。」

他又思考了片刻，補充道：

「我不懂我爸，現在也沒聯絡了。」

我能理解他所定義的「有意義」是多麼重要、殘酷且明確，生命或爾後的人生都取決於當下的警覺性、危機感和巨大的恐懼。我也能明白，在那個人能夠殺死自己或解救自己的狀況下，所有的生存本能都會投射到如何滿足對方這件事情上。

一旦經歷過創傷，開始以這種極端的方式理解世界，之後就很難再理解其他觀點，因爲這牽涉到生存問題。

我的父母破壞子女的生活並啃食他們的人生，這已不是用來維持他們人生的方式，而是試圖用這些觀念積極干涉孩子，若從這角度出發，那我能理解。在「你要好好感激我把你養大」這句話之前，總會先提到「沒殺了你或讓你死掉就很好了」。或許這也是他們的眞心，我的父母與他的父母那一代，經歷過韓戰或二次大戰的年代，最重要的課題永遠都不是有人性的人生，而是動物本能的生存。

理解與原諒卻是截然不同的兩件事情。

他小聲說：

「可以綁我嗎？」

我點點頭。

「過了今晚，你能離開嗎？」

我問。

「我也不知道。」

他回答，接著反問我：

「如果我走了，妳打算怎麼做？」

我無法回答，他接著問：

「要回去妳的祖國嗎？」

「不。」

我回答。

「我不回去了。」

我一邊回答，一邊對自己感到吃驚。

他安靜地說：

「那我也跟妳一起留在這裡。」

「謝謝你。」

我輕聲道。

早上睜開眼時，他不在我身邊。我打開浴室門，他那樣子就跟斷氣時一樣，脖子上的繩子繫在暖氣機上，雙眼緊閉。

我輕拍他，他睜開眼睛。

「要幫你解開嗎？」

我問，他因為脖子被勒著無法回答，只能眨眨眼。

我解開他脖子上的繩子，和他一起無聲唱歌。

……如果我能許願

我會變得尷尬

該許什麼願望呢

痛苦的時間或快樂的時間……

雖然我再也無法期待所謂的美好時光，但我也不想祈求痛苦；雖然我確實在等待著什麼，但我又不知道該期待些什麼。我沒有未來，他和我所知的所有生活樣態都被困在過往之中。

對某些人而言，他們的人生被束縛在某個巨大衝擊與清晰的生存本能共存的燦爛過往裡，需要利用有意義的唯一瞬間，反覆確認自己還活著。那個瞬間雖然短暫，但在無意義地反覆確認自己的生存時，好時光與壞時光都像沙子一樣從指間流逝了。沒意識到人生就這樣虛度且一直侷限在過往的人們，像是他、他爺爺、他媽媽，以及我，而無論是死是活，這樣的人是否都跟只活在過去的幽靈，沒什麼兩樣？

……如果我能許願

我想要變得有一點點幸福

因爲太幸福

就會思念悲傷

我解開他脖子的束縛，接著鬆綁他的手。

「這到底是怎麼辦到的？」

我感嘆著。

「你一個人怎麼有辦法綁住手上吊？」

「我揣摩很久。」

他有點驕傲地回答。

「必須一個人完成，畢竟只受傷但沒死的話會很痛苦。」

我緊抱著他，想像著他長時間在空蕩蕩的公寓裡，苦心研究如何以最有效率的方式絞死自己的模樣。

「我沒事。」

他說。

「謝謝你。」

他離開了，我獨自留在那空蕩蕩的浴室裡。

沒有任何人問過，在我們無名的時候
我們究竟想活，或是不想
現在的我獨自在偌大的都市徘徊

從門窗窺探家裡的客廳

等了又等，某個東西……

現在我已經沒有任何需要等待的東西了。
但我還是站在浴室裡，等著有人奇蹟似的找來，釋放被這個人生束縛的我。

作者的話

《詛咒兔子》是匯集各樣孤寂故事的作品。出版社很喜歡這些在不義之舉蔓延的時代裡，爲遭遇不當事件的弱勢群體發聲並報仇的故事，曾多次提議要出版。我雖發自內心感謝出版社的青睞，但這與我一開始動筆的意圖完全不同，所以也相當訝異。

《詛咒兔子》每位故事裡的主角都很寂寞。這世界大多時候都很陌生且凶殘，雖然偶有眩惑美麗的時刻，但即使是在那樣的瞬間，這世界依然是野蠻粗暴之地。比起愛或快樂，登場人物（或登場兔子、登場機器人）大部分都是以挫折、絕望、憤怒、慾望、奮鬥、背叛或受背叛、殺人或被殺等方式與他人建立關係、與世界交流。

我想說的是，這世界本就是個淒涼之地，所有存在都是形單影隻，雖然撥亂反正、獎善罰惡或是復仇有其存在的必要，但是，即便完成那些必要之舉，世界依然淒涼，人類依然孤寂的事實永遠不會改變。而我希望藉由這樣淒涼又孤寂的方式，給在陌生又險惡的世界裡，獨自孤軍奮戰的讀者們送上一點安慰。

這是我的小小願望。

鄭寶拉

Eurasian Publishing Group
圓神出版事業機構
用心與你對話 · 網野無限寬廣
寂寞出版社
Solo Press

www.booklife.com.tw
reader@mail.eurasian.com.tw

Cool 044

詛咒兔子

作　　者／鄭寶拉 정보라
譯　　者／黃千真
發 行 人／簡志忠
出 版 者／寂寞出版股份有限公司
地　　址／臺北市南京東路四段 50 號 6 樓之 1
電　　話／（02）2579-6600 · 2579-8800 · 2570-3939
傳　　真／（02）2579-0338 · 2577-3220 · 2570-3636
副 社 長／陳秋月
資深主編／李宛蓁
責任編輯／朱玉立
校　　對／李宛蓁 · 朱玉立
美術編輯／林雅錚
行銷企畫／陳禹伶 · 鄭曉薇
印務統籌／劉鳳剛 · 高榮祥
監　　印／高榮祥
排　　版／莊寶鈴
經 銷 商／叩應股份有限公司
郵撥帳號／ 18707239
法律顧問／圓神出版事業機構法律顧問蕭雄淋律師
印　　刷／祥峯印刷廠
2022 年 10 月初版

저주 토끼 by Bora Chung
The original Korean edition was published as "저주토끼".

定價 440 元　　ISBN 978-626-95938-6-6

設計一座有史以來最大的迷宮，一座祕密圖書館，一座隱匿在阿亞索菲亞地下墓穴的書籍之城，所有禁書和數世紀來的思想奇蹟得以永久保存於此。

——《氤氳之城》，〈火玫瑰〉

國家圖書館出版品預行編目資料

詛咒兔子 / 鄭寶拉著；黃千真譯. -- 初版. --
臺北市：寂寞出版社股份有限公司，2022.10
336 面；14.8 × 20.8 公分（Cool；44）
譯自：저주 토끼
ISBN 978-626-95938-6-6（平裝）

862.57 111013420